KB270779

담배
한 개비의
시간

담배 한 개비의 시간

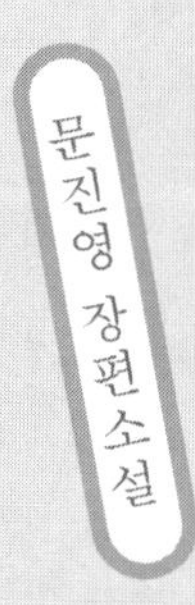

문진영 장편소설

창비

차
례

첫번째 기억

　나를 가졌을 때 우리 엄마는, 먹고 싶은 것이 하나도 없었다고 한다. 큰언니를 가졌을 땐 다량의 에이스크래커를, 둘째언니를 가졌을 땐 1.5톤 트럭 분량의 단팥 고로케를 필요로 했던 엄마의 몸은, 나를 위해서는 아무것도 필요로 하지 않았다.

　아니, 어쩌면 그것은 엄마 몸의 필요보다는 단지 언니들 취향의 문제일 수도 있겠지만, 여하튼 그때 나는 아무것도 원하지 않았다.

　왜냐하면 그 무렵 우리 엄마는 아주 깊은 슬픔에 빠져 있었기 때문이다. 내가 태어나기 얼마 전, 엄마의 엄마가 돌아가셨다. 엄마는 할머니를 마음속 깊이 사랑했다. 깊은 밤 엄마가 조용히 눈물을 흘릴 때면, 나도 빠짐없이 따라 울었다. 그래서 나를 감싸고 있던 양수의 염도는 조금씩 조금씩 높아져갔다.

어쩌면 나는 엄마의 슬픔을 양분으로 삼아 자라났는지도 모른다. 그런 의미에서 나를 구성하는 세포들은, 모두 슬픔이라는 핵을 그 안에 하나씩 지니고 있을 것이다.

*

"양파를 썰 때 나오는 눈물을 막기 위해서는 양파조각 하나를 머리 위에 얹어놓는 것이 좋아요."
한 여자가 코를 훌쩍이며 양파 한 조각을 모자처럼 머리 위에 얹는다. 그리고 손등으로 눈가의 눈물을 훔치며 말한다.
"양파를 썰 때 울기 시작하면 멈출 수가 없으니까요."
그렇게 시작하는, 언젠가 보았던 영화가 생각난다. 그 비극적 사랑이야기의 여주인공은 부엌에서 엄마가 양파를 써는 도중에 태어났는데, 식탁을 적신 눈물이 바닥까지 흘러넘쳐 홍수를 이루었다고 한다. 그리고 그 눈물이 다 마르고 나자 이십 킬로그램의 소금을 쓸어모았다나.

내가 태어나던 날, 분만실 바닥에는 엄마의 눈물이 발목까지 찰랑거렸다. 그래서 아빠는 바지를 무릎까지 걷어올린 채로 철벅철

벅 침대 곁으로 다가가 엄마의 손을 꼭 잡아주었다,고 하는 것은 물론 거짓말이고, 지나치게 우렁찬 내 첫울음에 아빠는 분만실 밖에서 셋째는 아들이구나, 하고 생각했다고 한다. 한편 엄마는 내 얼굴을 보고, 아 셋째는 아들이어야 했구나, 하고 생각했다고.

다행히도 나는 인형놀이를 사랑하며, 얼굴만으로 충분히 성별을 분간할 수 있을 정도의 평범한 여자아이로 자라났다. 조금 특이한 점이라면 우렁찬 그 첫울음 이후로는 좀처럼 울지 않았다는 정도일까.

그럼에도 불구하고 나는 그다지 부모님의 근심을 사지 않고 무난하게 자라날 수 있었다. 그것은 우리 엄마아빠의 지나치게 무난한 성격 덕분일 수도 있겠지만, 그보다는 내가 울지 않는 만큼 딱히 웃었던 것도 아니기 때문인 듯했다.

하지만 나는 오래전부터 알고 있었다.
나는 울 필요가 없었던 것이다.

그냥 습관이야

"좋아하는 여자가 생겼어."
콧잔등을 찡그려 안경을 밀어올리며 J가 말했다.
그의 버릇이다. 나는 그때마다 그의 미간에 잡히는 주름을 좋아했다.

"누구?"

"……어떤 여자."

"어떤 여자?"

"……응."

그는 청바지 주머니에 양손을 푹 찔러넣고는, 줄곧 낡은 스니커즈의 앞창을 내려다보며 말했다. 긴 앞머리가 아무렇게나 눈을 찌르는데도 넘길 생각을 않고, CD가 한 바퀴 다 돌아 음악이 끝난 지가 언젠데 그것조차 눈치채지 못하고 있었다. 처음 보는 모습이었기 때문에 나는 그의 말을 믿기로 했다. 그는 싱거운 농담을 할 때나 거짓말을 할 때는 늘 내 눈을 똑바로 쳐다보고 한다.

"손님이야?"

나는 무심한 듯 CD플레이어를 열고 너바나 라이브콘써트 CD를 꺼낸 다음 게츠-지우베르뚜 음반으로 갈아끼웠다. 이것은 말하자면 편의점의 심야는 끝이 나고, 새아침이 밝았다는 의미이다. 얼마 전 매장에 있던 오디오의 CD플레이 기능이 고장나는 바람에 나의 소형스피커와 J의 휴대용 CD플레이어로 소박한 오디오씨스템을 구축했다.

각자의 취향을 존중한다는 의미로다가 우리는, 이따금 한낮에 내가 메탈리카를 틀어 손님을 쫓기도 하고, 한밤에 J가 쳇 베이커를 틀고서 잠의 세계로 빠져들기도 했다. 둥둥, 잔잔한 보싸노바 리듬이 흐르기 시작했다.

"……늘 너 출근하기 조금 전에 왔다 가는 손님이야. 요 앞 까페에서 일해."

"나도 본 적 있을까?"

"글쎄."

"그리고?"

"……말보로 라이트를 피워."

"……예뻐?"

그는 한번 더 안경을 밀어올렸다.

그리고 한참을 망설이다가 입을 열었다.

"물고기를 닮았어."

그가 손을 흔들며 휘청휘청 문밖으로 사라진 뒤, 나는 말보로 라이트를 피우는, 물고기를 닮은 여자에 대해 줄곧 생각했다. 기억나는 얼굴이 없었다. 심지어 상상조차도 되지 않았다.

사실 그가 좋아하는 여자가 생겼다고 했을 때, 나는 살짝 그게 나일 거라고 짐작했다. 그리고 그게 내가 아닌 다른 누군가라고 했을 때 살짝 충격을 받은 것도 사실이었다.

내가 아르바이트를 시작하고 한 달 정도 지났을 때, 그가 문득 이렇게 말했었다.

"너를 보면 삶의 의욕이 생겨."

그것은 이제껏 살면서 내가 들어본 중에 최고의 찬사였다. 게다가 그는 꼭 내가 출근하는 시간을 노려 하루도 거르지 않고 편의점 문앞에 쪼그리고 앉아 담배를 피우곤 했던 것이다. 그건 담배를 피우는 자신의 쐐—한 표정을 내게 보여주기 위해서였다. 언젠가 그는 자신이 담배를 피우는 이유는 바로 이 '쐐—한 표정'을 짓기 위해서라고 했다. 그 표정이 바로 흡연의 본질이라며.

그는 내가 이제껏 본 사람들 중에 가장 담배가 잘 어울리는 사람이었다.

키가 싱겁게 크고, 지나치게 마르고, 낮에는 전혀 돌아다니지 않아 핏기 전혀 없는 허연 피부에, 도수가 높은 두꺼운 안경을 코끝에 걸치고, 단지 낮에 미용실 가는 게 귀찮다는 이유로 머리를 어깨까지 길러버린 그는, 처음 본 순간부터 어쩐지 그 존재 자체가 매우 절박해 보였으며, 게다가 그런 그가 편의점 문앞에 쪼그리고 앉아 담배를 피우고 있노라면 나는 그에게서 최상의 절박함을 느끼곤 했다.

그리고 동시에 깊은 무력감을 느꼈다. 나는 그에게 삶의 의욕은 커녕 아무것도 주지 못할 것만 같았다. 그로 인해 언제나 내 하루의 시작은 그닥 희망차지 못했던 거다.

*

한편 M은 언젠가 내가 왜 담배를 피우냐고 물었을 때
"그냥 습관이야."

라고 대답했다. '그냥 습관이야'라고 말하는 것은 그의 습관이었다.

며칠 전 비가 조용히 내리던 밤, 우리는 종로 뒷골목의 허름한 순대국밥집에 앉아 있었다. 그가 사는 고시원 근처라 예전에 자주 드나들었던 자그마한 가게다. 전형적인 동네 골목 식당으로, 순대국밥 외의 다른 메뉴에는 관심조차 없다는 태도가 특히 맘에 들어 좋아했었다.

천장은 내 손이 닿을 만큼 낮았고(그래서 M은 약간 고개를 숙여야 했다), 형광등은 사분의 일 비율로 나가 있었다. 군데군데 붙어 있는 소주광고 포스터들은 그간 소주광고 모델의 변천사를 한눈에 알 수 있게 했다. 한때는 분명 흰색이었을 벽지는 마치 자신은 처음부터 아이보리색이었다는 듯 시침을 떼고 있었고, 모기향 탓으로 추측되는 소용돌이무늬 문신과 담배빵을 곳곳에 새긴 누런 장판은 꽤나 험상궂은 인상을 주었다.

하지만 맛 하나만큼은 정말이지 끝내주었다. '가게가 청결하다면 결코 이런 맛을 낼 수 없다'는 식의 자세로 일관하는 줏대있는 가게였다.

그럼에도 불구하고 내 앞에 앉은 M은 맛있는 음식을 먹어도, 여자친구를 만나도, 길을 걷다 돈을 주워도 좀처럼 행복해하지 않는 사람이었다. 그래서 어쩌다 그가 희미하게 웃기라도 하면 오히려 배는 더 처량하게 느껴졌다.

　말하자면 만약 누군가 그를 행복하게 할 수 있고, 그래서 그 누군가가 그의 웃는 모습을 본다면, 왠지 모르게 지쳐서 그를 떠나버리게 되고, 결국 그는 다시 불행해질 것만 같은, 그런 일련의 알고리즘을 형성하는 미소였다. 하지만 나는 그 미소를 좋아했다. 왜냐하면 그건 오직 그만이 지을 수 있는 미소였기 때문이다.

　김이 모락모락 나는 순댓국과 잘 익은 깍두기, 그리고 오랜만에 만난 내가 앞에 있어도 그는 여전히 뭔가 부족해 보였기 때문에,
　"마시고 싶으면 마셔요."
라고 그날의 나는 말했고, 그는 처음처럼 한 병을 주문했다. 소주병이 테이블에 놓이고 나서야 일말의 만족감이 그의 입꼬리에 빛의 속도로 스쳐지나갔다. 곧 그는 팔꿈치로 소주병 바닥을 툭툭 두드리기 시작했다.
　"뭐 하는 거야?"
　"그냥. 알코올이 잘 섞이라고."
　"다른 데는 안되고 꼭 팔꿈치여야만 하는 거야?"
　그가 무표정하게 대답했다.
　"아냐, 그냥 습관이야."

*

　M을 처음 만난 것은 지금으로부터 약 일년 전이었다.

그해, 스무살의 여름, 선명하게 기억한다. 나는 '세계문화사'라는 교양과목의 계절학기 강의를 듣고 있었다. 일학기 때 F를 맞은 과목이었다. 출석만 잘하면 B 이상은 받을 수 있는 거저주기용 과목이었는데 무모하게도 지나치게 결석이 잦았던 것이다.

빗소리와 매미 울음소리가 함께 격렬하던 그날, 나는 강의실 맨 뒤쪽 창가 자리에 혼자 앉아 있었다. 사십대 초반쯤의 퍽 샤프한 외모를 가진 남자 교수님의 수업이었다. 그는 그날따라 감기에 걸렸는지 오분 간격으로 맹렬히 코를 풀어댔고, 수업 분위기는 몹시 산만했던 걸로 기억한다.

그 당시 나는 거꾸로 쓰는 글씨에 매료되어 있었다. 글씨를 거꾸로 쓰면 똑바로 썼을 때는 좀처럼 찾을 수 없는 참신한 뉘앙스가 나타나는데, 나는 특히 'ㅊ'과 'ㄹ'을 쓸 때 감동하곤 했다.

그날도 역시 나는 노트를 뒤집어놓고 글씨연습에 전념하고 있었다. 나로서는 몹시 집중해 있었고, 그래서 교수님의 코 푸는 소리도 그다지 귀에 거슬리지 않았다.

노트 한 면을 유행가 가사로 빼곡히 채운 뒤 뿌듯한 표정으로 고개를 들었을 때, 그리고 백서른여섯번째 휴지가 교수님의 손을 떠나 휴지통으로 들어가고 있을 바로 그때였다. 문이 조용히 열리고 한 남자가 나타났다. M이었다.

그는 백서른일곱번째 휴지를 손에 쥔 교수님을 지나쳐 가운데 통로로 뚜벅뚜벅 걸어왔다. 그러면서 눈으로는 비어 있는 자리를 찾고 있었다.

그는 그렇게 곧장 내게로 왔다.

그가 털썩, 내 옆자리에 앉자 비냄새가 확 끼쳐왔다. 그는 안경을 벗어들고 맺혀 있던 빗방울을 툭툭 떨어냈다. 젖은 앞머리가 몇 가닥 이마에 달라붙어 있었다. 그는 어깨에 멘 묵직해 보이는 가방을 내려놓더니 숨을 골랐다. 잠시 후
"예쁘네요, 그거."
내 노트를 턱으로 가리키며 그가 말했다. 낮은 톤의 차분한 목소리였다. 나머지 수업이 어떻게 지나갔는지는 좀처럼 기억나지 않지만, 나는 그날 그에게 옆으로 쓰는 글씨와 왼손으로 쓰는 글씨도 보여주었다. 그는 그 모두에 진심으로 감탄해주었고, 나는 기뻤다.

그날 이후, 나는 그를 처음 본 그 순간의 이야기를 그에게 들려주는 것을 좋아했다.
"그러니까 시간은 대략 오후 네시 십팔분경이었어. 그날은 매미 우는 소리에다가 빗소리까지 너무나 커서 교수님 목소리가 거의 안 들릴 지경이었지. 우린 로마시대의 부부관계에 대해 얘기하고 있었어. 그 당시 아내는 술을 마신 걸 들키거나 남편의 다른 여자를 질투하면 바로 죽임을 당하거나 이혼당할 수 있었다는 거야. 선배

는 바로 그때, 그건 말도 안된다는 투의 걸음걸이로 등장했어. 바랜 듯한 푸른색 티셔츠에 주머니가 양쪽에 두 개씩이나 달린 바지를 입고서. 기억해?"

나는 이런 식의 이야기를 디테일만 약간씩 조정해서 적어도 백만서른두 번쯤 그에게 들려준 것 같다. 어떤 날엔 무릎께가 찢어진 청바지였고 어떤 날엔 날을 잘 세워서 다린 검은색 정장바지였다. 그래서 결국 그중에 어떤 게 진짜인지는 잊어버리고 말았다.

그 모든 이야기의 끝은 언제나 '기억해?'였는데, 그는 그때마다 미묘하게 고개를 끄덕이곤 했지만 역시 기억하지 못하는 게 확실했다. 그러나 확실히 그런 것은 비극이 아니다. 둘 중 하나만 기억하는 것보다는 차라리 그 편이 낫기 때문이다.

다시, 여름

여름은 깊어갔다.

그는 계절학기 내내 내 옆자리에 앉아서 수업을 들었고, 나는 그 옆에서 여전히 글씨연습을 하거나, 책을 읽거나, 그것도 아니면 그의 휴대폰으로 비행기 게임을 하거나 했다.

자기 의지와는 상관없이 직진만을 해야 하는 비행선 한 대가 알약 따위를 섭취하면서 스스로의 성능을 재조정하고, 다른 비행체들을 무조건 격추하고 본다는 그런 설정의 게임이었다.

하지만 제법 어려워서 나로서는 다음 레벨로 넘어가기가 상당히 힘들었다. 그럼에도 불구하고 레벨 통과 후의 내 말할 수 없는 기쁨에 대해 그는 대체로 무심한 편이었다.

그는 나와는 별개로 그 수업에 존재하고 있었다.

참여한다기보다는 존재한다고 하는 편이 어울렸다. 그는 딱히 수업을 듣는 것도, 듣지 않는 것도 아니었다. 수업을 듣지 않는다고 하기엔 나처럼 딴짓을 하는 것도 아니었고, 수업을 잘 듣는다고 하기엔 뭔가를 물어보면 늘 아무것도 몰랐다.

나는 이따금씩 고개를 돌려 그의 무심한 옆얼굴을 바라보았다. 윗부분이 약간 튀어나온 콧대와 굳게 다문 입술, 물음표를 닮은 오른쪽 귀. 그가 어디를 바라보고 있는지는 알 수 없었다.

쉬는 시간이면 우리는 자판기 커피를 뽑아들고 강의실 건물 현관에 나란히 서 있었다. 계절학기의 캠퍼스는 그다지 붐비지 않았지만, 여전히 청춘의 냄새가 공기중에 바쁘게 떠다녔다. 우리는 마치 청춘에 속해 있지 않은 사람들처럼 민감하게 그 냄새를 느끼곤 했다. 아마도 그래서 그는 담배를 피웠던 것 같다.

M의 담배는 레종 멘솔이었다. 그 담뱃갑에는 난데없는 고양이 한 마리가 그려져 있다. 어느날 내가 왜 고양이가 그려져 있는 걸까? 물었을 때 그는 어깨를 한번 으쓱, 하고 말았다. 내가 알기로 그

는 도무지 궁금한 것이 없는 사람이었다.

　수많은 담배들 중에서도 하필 레종 멘솔을 피우는 까닭 같은 것 또한, 굳이 물어보지 않아도 그저 그의 오랜 습관 중 하나일 것이었다. 어쩌다 처음 담배 한 개비를 입에 물었을 때, 아마 그 담배가 레종 멘솔이었을 것이다. 하지만 나는 왠지 다른 어떤 담배보다도 그것이 그와 잘 어울린다고 생각했다.

　그가 담배를 피우는 동안 나는 그 옆에서 화단 잡목에 일종의 열매처럼 열려 있는 녹차 티백의 개수를 세거나, 바닥에 떨어진 담배꽁초의 개수를 헤아리곤 했다. 우리가 듣던 강의의 교수님은 우리를 지나쳐 조금 떨어진 곳에 서서 담배 한 개비를 피웠다.

　M과 교수님은 마치 속도를 맞추듯 느릿느릿 담배를 피웠고 둘 중 하나가 먼저 움직이면 상대도 따라 움직였다. 주로 M이 담배꽁초를 종이컵에 눌러끄면 그것을 신호 삼아 교수님이 움직이고, 그러면 현관 주위에 모여 있던 무리들이 우르르 강의실로 몰려들어가는 식이었다. 우리는 늘 맨 마지막으로 들어갔다.

　비가 내릴 때는 현관에 서서 비가 잦아들 때까지 기다렸다가, 빗줄기가 약해지면 한 우산을 쓰고 건물 밖으로 나섰다. 그는 어째서인지 단 한번도 우산을 챙겨나온 적이 없었다. 그래서 헤어질 때는, 늘 그의 한쪽 어깨가 흠뻑 젖어 있었다.

그 여름 내내 우리는 여기저기를 걸어다녔다. 목적지도 없이, 방향도 없이 발길 닿는 대로 걸었다. 그리고 지금은 기억나지 않는 많은 이야기를 했다. 어떤 이야기라도 좋았다. 내용은 그다지 중요하지 않았다.

그의 목소리는 빗소리를 닮아 있었다. 가만히 듣고 있으면 마음이 조금씩 조금씩 평온해졌다. 그것은 마치 깊은 어둠속에 누워 있는 것처럼 수선스러운 마음의 동요들을 천천히 지워가는 그런 평온함이었다. 그와 함께 있으면, 아무것도 하지 않아도 조금씩 조금씩 이 세상에 익숙해질 수 있을 것 같은 기분이 들었다.

어느 비 오던 날 그가 말했다.

"재밌는 게 뭔 줄 알아? 내가 지하철역에서 나오거나, 아니면 버스에서 내리거나, 강의실을 나서면 후두둑, 비가 떨어지기 시작하는 거야."

"근데 왜 만날 비를 다 맞고 다녀? 그럼 아예 집을 나설 때 우산을 들고 나오면 되잖아."

내가 핀잔을 주자 그는 들릴 듯 말 듯한 목소리로 말했다.

"네 우산 같이 쓰려고."

그러고서 그는 마치 빗줄기는 보이지 않지만 옷을 적시는 엷은 가랑비처럼 웃었다. 그래서 그때 나는 하마터면 그 미소를 놓칠 뻔했다.

그렇게 그의 모든 것은 내게 잡힐 듯 말 듯했다. 해의 움직임에 따라 방향과 길이를 바꾸는 그림자처럼, 혹은 멀리서 보면 선명했는데 다가가면 손에 잡히지 않는 이른 새벽의 안개처럼, 그는 늘 내가 손을 내밀면 팔이 닿는 곳보다 한뼘 정도 떨어진 곳에 있었다.

*

계절학기가 끝나면서 자연스럽게 우리는 만날 일이 적어졌다. 그리고 자연스럽게 장마도 끝났다. 한 달간의 방학 동안 나는 집으로 돌아가 가족과 함께 지냈다. 별다른 사건은 없었다. 무더운 날씨가 계속되는 가운데 몇번인가 태풍이 비를 몰고 지나갔다. 그리고 어느새 초가을의 싸늘한 기운이 아침저녁으로 감돌았다.

여름은 늘 문득 끝나 있는 법이다.

이학기가 시작되어 학교에 돌아왔을 때, 그는 마치 단 한번도 존재하지 않았던 사람처럼 학교라는 공간에서 사라져 있었다. 나는 아무런 이의 없이 자연스럽게 그 사실을 받아들였던 것 같다.

일학기 때와 마찬가지로 학교 공부는 여전히 내게 아무런 흥미도, 재미도, 의미도 없었다. 수업시간이면 멍하니 낙서를 하거나, 아니면 아예 땡땡이를 치고 캠퍼스를 빠져나와 이어폰을 꽂은 채 정신없이 거리를 쏘다녔다.

그러면서 내가 얻은 결론은 간단했다. 그것은 '나는 내가 어디로 가길 원하는지 알지 못한다'는 것이었다. 혹은 내가 정말 어딘가로 가길 원하는지조차 혼란스러웠다. 그러나 캠퍼스를 분주히 걷고 있는 이들은 모두가 답을 가지고 있는 것처럼 보였다. 혹은 질문조차 가져본 적이 없는 것처럼 깨끗한 표정들을 짓고 있었다.

그래서인지 나는 동기들이나 선후배들과 잘 어울리지 못했다. 그러고 싶은 마음도 없었을뿐더러, 그들은 그들의 궤도로 바쁘게 달리고 있었으므로 나는 그 속에 끼어들기가 두려웠다.

어릴 적, 초등학교 사학년 체육시간에 선생님이 여자아이들에게 축구를 시켰다. 당연히 그건 축구라기보다는 그저 공을 따라 우리 팀 상대 팀 구분없이 한무더기가 되어 달리는 꼴이었다.

나는 왠지 이대로는 안되겠다 싶어 나름대로 과감하게 방향을 틀었다. 그리고 무리와는 정반대 방향에서 공을 향해 달려갔다. 그 결과 그날 나는 호되게 넘어져 손목을 삐었고, 이미 이성을 잃은 여자아이들에게 밟혀 유명을 달리할 뻔했다.

한번은 M에게 그 이야기를 한 적이 있다. 내게는 이 대학생활이 종종 그 체육시간을 떠올리게 한다고. 그랬더니 그는 고개를 끄덕이며 말했다.

"하지만 넌 아직 일학년이니까 잘 모를 거야. 사학년만 되어봐. 늘 뭔가를 준비하고 뭔가가 되어가는 선배들과 동기들 이야기를 듣고 있으면, 난 마치 터치다운을 하기 위해 달려나가는 한무더기의 미식축구 선수들 사이에서 호각을 물고 서 있는 중년의 심판이 된 기분이야. 룰은 너무나 잘 알고 있거든. 확실히 경기의 일부로서 존재하지만, 어느 팀에도 속해 있지 않고 어느 팀도 응원하지 않아. 그게 어떤 기분인지 알아?”

나는 모른다고 고개를 가로저었다.

“무서운 기분이야.”

그는 잠시 멈추고 짧은 한숨을 쉬고는 말을 이었다.

“선수들은 심판인 나는 보이지도 않는 것처럼 미친 듯이 달리고 달리고 또 달리는 거야. 그러다가 부딪히고, 넘어지고, 다치고.”

“다칠까봐 무서워?”

그가 조용히 대답했다.

“……아니, 잊혀질까봐.”

이따금 비가 내리거나, 누군가가 피우는 담배냄새를 맡으면 그가 떠올랐다. 하지만 한 인간에 대한 마음이 한 가지로 정의될 수 있다는 데에 나는 동의하기 어려웠다. 누군가를 그리워한다면, 그 자격은 함께한 기억의 부피보다 시간에 비례하는 게 왠지 더 공평하다고 그때의 나는 여겼다. 나는 겨우 스무살이었던 것이다.

스무살의 내겐 논리도 없고, 상식도 없었다. 어제 내가 믿고 싶었던 것들이 오늘의 내게는 아무것도 아니었다. 그리고 지금 스물한살의 나는, 여전히 아무것도 모르고 있는 것이다.

내가 지난 일년간 배운 것이라곤 시간은 일정한 속도로 흐르지

않으며 누구에게나 공평하게 주어지지도 않는다는 사실, 그 정도
였다.

*

“맛있다.”

나는 감탄하며 바쁘게 수저를 움직이고, M은 어딘가 의무감을
띤 몸짓으로 순댓국물을 가끔씩 입에 떠넣었다. 그러면서 줄곧 신
기한 동물이라도 보듯 안경 너머로 나를 빤히 쳐다보았다.

“맛없어요?”

내가 묻자 그는 마지못해 대답했다.

“맛없지는 않아.”

“맛있지도 않고?”

“언젠가 엄마가 그랬어. 너한텐 음식 해주기가 싫다고. 맛있게
먹지도 않는데다 아무리 좋은 걸 해다가 먹여도 비쩍 마르기만 한
다면서.”

“우리 엄마도 나한테 음식 해주기가 싫다 그랬는데.”

“왜? 넌 아무거나 잘 먹잖아.”

“그게, 난 먹을 것만 주면 아무나 엄마라고 부를 거라면서.”

그는 소리내지 않고 웃었다. 그에게는 어떤 웃음소리도 어울리
지 않을 거라고 생각했다.

이윽고 그가 숟가락을 내려놓았다.

"그만 먹으려고?"

"응."

"음식 자꾸 남기면 죽어서 지옥에 간대."

"………"

"그래서 살았을 때 남긴 음식을 배가 터질 때까지 다 먹어야 된다는데."

그는 잠자코 듣고 있다가 입을 뗐다.

"그거 모르지?"

"뭘?"

"나 이거, 지옥에 가서 먹으려고 일부러 남기는 거야."

그는 웃음기없는 얼굴로 농담을 했다. 그의 수많은 습관들 중 하나였다.

"지옥에 가면 순댓국이 얼마나 먹고 싶겠어."

"그렇군."

나는 쉽게 인정했다.

그러고 나서 우리는 잠시 아무 말 없이 창밖을 내다보았다.

"비 온다."

그가 조용히 말했다.

다시, 여름이었다.

오늘의 날씨

"옛날에 어떤 가난한 남자애가 살았어. 근데 어느날 길을 가다가 백원을 주운 거야. 그애는 너무너무 기뻐서 한참을 고민하다가 슈퍼에 가서 초코파이 하나를 샀대. 두근두근하면서 초코파이 봉지를 딱 뜯었는데, 초코파이가 막 춤을 추면서 나오는 거야."

여기까지 말하고 J는 내 눈치를 살폈다.

나는 모른 척하고 백원짜리 동전을 세고 있었다.

"그래서 그애는 그 춤추는 초코파이 때문에 돈을 엄청나게 많이 벌게 됐대. 근데 이 초코파이가 만날 같은 춤만 추니까, 사람들이 식상하다고 그런 거야. 그래서 좀 다른 춤을 춰보라고 아무리 그래도, 초코파이는 대답도 안하고 계속 똑같은 춤만 췄대. 그래서 그 남자애는 너무너무 화가 난 거야."

"그래서?"

"……그래서 강물에 던져버렸대."

"춤추는 초코파이를?"

"응."

"………"

"………"

"……끝이야?"

"……응."

잠시 허탈한 침묵이 흘렀다.

"저의가 뭐야?"

"응?"

"이런 얘기를 하는 의도."

"재밌지…… 않아?"

J가 의기소침한 표정으로 말끝을 흐렸다.

나는 고개를 절레절레 저으며 십원짜리 동전을 세기 시작했다.

"근데 뭐 꼭 초코파이여야 하는 이유가 있어? 초코송이나 초코 볼이면 안되는 이유라도 있냐는 거지."

내가 묻자 그는 한참 동안 심각하게 고민하더니, 제법 진지한 얼굴로 말했다.

"……초코송이나 초코볼은 낱개 포장이 안돼 있으니까 일단 희소성이 떨어지잖아. 그리고 초코송이 상자를 뜯었는데 초코송이 스무 송이가 다같이 군무를 추고 있다든가 하는 건 무엇보다 리얼리티가 떨어져."

나는 풋, 하고 그제야 웃었다.

"초코파이가 가장 설득력이 있다 그 말이야?"

"그런 셈이지."

정산이 끝났다.

"이상 무."

"아무렴."

그는 어깨를 한번 으쓱했다. 그리고 기다렸다는 듯 주머니에서 담뱃갑과 라이터를 꺼내며 말했다.

"그럼 난 간다."

"응."

"수고."

라이터를 쥔 왼손을 여유롭게 흔들면서 J가 딸랑, 문밖으로 사라져갔다.

*

내가 처음 출근한 날, J는 여자와 이야기해보는 게 처음인 것처럼, 아니 인간 종과 이야기하는 것 자체가 처음인 것처럼 눈도 마주치지 못하고 몹시 쑥스러워했다. 통성명을 하는 데만도 상당한 시간이 걸렸다. 게다가 나 또한 그 이상의 대화를 이끌어내는 능력 따위는 좀처럼 없었기 때문에, 상당히 괴로웠다.

그러다 정말이지 이제는 더이상 할말이 없다고 느꼈을 때, 갑자기 그가 불쑥 손을 내밀었다. 그리고 더듬거리며 말했다.

"잘…… 잘 부탁합니다."

"아, 네."

우리는 얼떨결에 서로 허리를 숙이며 정중하게 악수를 했다. 핏기없는 손이 차갑게 느껴졌다. 그러고 나서 그는 멋쩍은 듯 웃었다. 나도 따라 웃었고, 분위기는 좀 미지근해졌다.

잠시 후 내가 인수인계를 위해 돈을 세는 동안 그는 마치 다리

길이를 자랑하듯 카운터에 살짝 걸터앉아 손을 나란히 모으고 서
있었다. 그리고 정산이 끝나자 휘청거리며 창고로 들어가 옷을 갈
아입고 나왔다.

진녹색의 더플코트.

그때만 해도 머리가 지금처럼 길지는 않았기 때문에 그는 마치
아침 일찍 등교하는 고등학생 같아 보였다. 그는 아주 예의바르게
꾸벅 고개를 숙이며 "수고하세요오" 노래하듯 인사하고 총총히 사
라졌다.

'새로운 종류의 인간형.' 언젠가 그에 대한 첫인상을 얘기해줬
을 때, 그는 박수를 크게 한번 치고 고개를 뒤로 젖히며 웃었다. 그
는 늘 그렇게 웃는다. 그래서 웃는 표정이 어떤지 정확히 알 수는
없지만, 대략적으로는 얼굴을 고통스럽게 일그러뜨린 채로 사실은
매우 폭소하는 중이었다.

한편 그는 나의 첫인상이 '산뜻하고 무서웠다'고 했다. 산뜻하기
때문에 무서웠던 것은 아니고, 산뜻한데도 어딘가 무서운 데가 있
었다는 것이다. 이 차이를 설명하면서 그는 무척 신중하게 말을 골
랐다. 나는 선뜻 이해가 되지는 않았지만 어렴풋이 알 것도 같은 그
런 느낌이었다.

그는 족히 십년은 입었을 법한 색이 바랜 헐렁한 티셔츠 몇벌과
마찬가지로 낡은 청바지와 면바지를 매일 번갈아 입었다. 코끝에

걸친 도수 높은 안경은, 제대로 쓰면 렌즈가 두꺼워 가뜩이나 작은 눈이 거의 감은 듯이 보였다.

느릿느릿 뜸을 들이며 말하고, 가만히 서 있을 때도 왠지 흐물흐물거리는 느낌이었으며, 걸을 때는 금방이라도 쏟아질 것처럼 위태로웠다.

처음에 그는 밴드를 한다면 어울리겠다, 싶은 인상이었지만 물론 음악을 하는 사람은 아니었고, 나와 마찬가지로 아무것도 하지 않는 사람이었다. 다룰 수 있는 악기라곤 에어기타뿐이었다. 가끔 자기가 좋아하는 음악이 흘러나오면 흥분해서 내게 에어기타 연주를 보여주곤 했다.

불교에 관심이 많지만 절에는 한번도 가본 적이 없으며, 만화 그리는 걸 좋아한다며 내게 몇번 그려준 적도 있지만 그것도 겨우 중학생 정도 수준이었다. 게다가 그는 휴대폰도, 컴퓨터도, 그 흔한 MP3도 없었고 운전면허도 없었다. 하지만 전혀 불편해하지 않았다. 그는 일종의 천연기념물이었다.

고등학교를 졸업하고 대학에 가지 않았다. 치명적인 시력 때문에 군대도 가지 않았다. 공익근무를 할 때도 여전히 야간에는 편의점에서 일했다. 말하자면 거의 칠년째 쉬지 않고 야간 아르바이트를 해온 셈이었다. 하지만 그것은 어떤 의무감이나 성실함과는 전혀 관계없었다. 그는 단지 이 일을 좋아했다. 이유는 알 수 없었다.

본인 스스로도 모르고 있었다.

　J는 미래를 위해 뭔가 해야 한다거나 장래에 뭔가가 되어야 한다는 압박감에서 완전히 자유로웠다. 그는 부모님과 함께 살았고 이미 가정을 꾸린 형도 있었지만, 누구도 그의 인생에 간섭하지 않는 모양이었다.

*

　"그냥 살아 있기만 하래."

어느날 그는 그렇게 말하며 웃었다.

　"……죽고 싶다는 생각이 든 건 그때 딱 한 번뿐이었어."

그는 딱히 장난스럽지도, 진지하지도 않은 말투로 내게 그날의 이야기를 들려주었다.

　"……열두살 때였나. 여름이었어. 지독하게 더웠지. 나는 학교에서 돌아오는 길이었어. 갈색 얼룩고양이 한 마리가 어느 집 지붕 위에서 잠들어 있는 거야. 고양이들은 낮잠을 좋아하니까. 난 어릴 적부터 고양이를 참 좋아해서 도둑고양이만 보면 기어이 끝까지 따라가곤 했거든. 승용차 밑에도 자주 들어가고 지붕에도 좀 올라갔었지."

　나는 열두살의 그를 상상했다.

　내 상상 속의 소년 J는 그저 지금의 그를 싸이즈만 약간 줄여놓은 모습이었다. 아마도 그는 안경 너머로 무엇을 보는지, 무슨 생각을 하는지 알기 어려운 타입의 아이였을 것이다. 뺑뺑이 안경을 쓰고, 입을 헤벌리고, 뭔가에 집중하면 다른 것들은 일체 잊어버리고 마는, 그래서 가끔 천재라는 오해를 사기도 하는 그런 아이. 한 반에 한 명쯤은 있다.

“……그날도 지붕 위에 올라갔어. 이층집이었는데, 꽤 높았던 것 같아. 어떻게 올라갔는지는 기억도 안 나는데, 나도 모르게 올라가 있더라. 아무튼 무지하게 더운 날이었어. 녀석은 내가 다가가도 죽은 것처럼 누워 있는 거야. 길고양이들 중에서도 사람한테 익숙해진 녀석들이 간혹 있으니까, 그때도 그저 자고 있는 걸 몇번 쓰다듬어보려는 생각이었지. 좋아했거든, 말랑말랑한 촉감. 아주 햇빛에 녹아서 흐물흐물해져 있겠거니 하고 다가갔어.”

그는 거기까지 하고 한번 심호흡을 했다.

“……근데, 자고 있던 게 아니었어.”

“그럼?”

“……죽어 있었어…… 죽은 듯이 자는 게 아니라, 자는 것처럼 죽어 있었던 거야.”

그는 꿈꾸는 듯이 몽롱한 표정으로 노래하듯 말했다.

“……썩어가고 있었어, 말도 못하게. 눈이 있어야 할 자리에, 대신 구더기들이 꿈틀거리고 있었어. 그리고 그제야 갑자기 냄새가 났어. 분명히 상한 고기냄새 같은 건데, 뭔가 톡 쏘는 듯도 하고, 달

짝지근한 느낌도 나는…… 이상한 냄새.”

나는 구역질이 날 것 같았다.

“……그때 처음 본 거야. 뭔가가 죽어 있는 걸.”

“………”

그는 어깨를 으쓱하더니 말했다.

“굴러떨어져버렸어. 이층집 지붕에서.”

나는 입을 떡 벌렸다.

“그후론 아무 기억이 없는데, 한 가지만 기억나. 내가 그때, 확실히 죽고 싶다는 생각이 들었다는 거.”

나는 아무런 할말이 없었다.

“그거…… 상당히 강한 느낌이었어. 하지만 나 스스로 뛰어내린 건 정말 아니었어. 그럴 리가 없잖아? 겨우 열두살인데. 아마 정신을 잃었었나봐.”

“그래서?”

“제법 출혈이 심해서, 중환자실에 입원했다가 며칠 후에야 깨어났는데, 부모님은 정말로 내가 자살이라도 하려고 한 줄로 생각하신 모양이야. 고양이 때문이었다고 아무리 말해도 좀처럼 믿어주질 않는 거야. 아무리 내가 좀 이상한 애였다지만, 그래도 겨우 열두살인데, 상식적으로는 고양이 쪽이 더 신빙성있는 얘기 아냐?”

그는 찡그린 얼굴로 킥킥 웃었다. 그리고 장난스럽게 말했다.

“아무튼 그날로 나는 어린 나이에 자살 시도까지 한 아이가 돼버렸어. 그리고 그때부터 가족들은 나더러 ‘그냥 살아 있기’만 하라는 거야. 결과적으로는 이렇게 편한 인생이 됐지만."

"그런 사연이 있었군."

"사연이랄 것도 없지…… 근데 정말 그때뿐이었어."

"뭐가?"

"죽을 뻔한 것도, 죽고 싶단 생각이 든 것도."

"뭔가 아쉽다는 투로 말하네."

"그냥, 그렇잖아. 그렇다고 딱히 살고 싶다고 생각해본 적도 없는 것 같아서."

잠시 침묵이 흘렀다.

"그야 당연하지. 이미 살아 있으니까."

내가 말했다.

"살아 있는 사람은 '살고 싶다'는 생각보다는 '제대로 살고 싶다'는 생각을 하지, 대개."

"……너도 그래?"

그가 물었다.

"어느정도는."

"어느정도라니?"

"제대로 산다는 건 좀 어려운 것 같고, 다르게 살아보고는 싶어. 지금까지와는 확연히 다르게."

"음……"

그는 잠시 생각하더니 말했다.

"그러려면 아무도 너를 모르는 곳으로 가야 할 거야."

"그래, 아무도 나를 모르는 곳에 가서, 아무것도 아닌 컨셉으로 사는 거야."

"아무것도 아닌 컨셉?"

그가 되물었다.

"응, 지금까지는 정말 아무것도 아니었던 거고, 그때부턴 그런 컨셉으로 사는 거지."

그는 내 말을 듣고 또 한바탕 고개를 젖히며 웃었다. 그러고는 사뭇 진지한 얼굴로 되돌아오더니 말했다.

"난 언젠가 여길 떠나게 되면 절에 가서 지낼 거야."

"절? 머리 깎고 스님이 되겠다고?"

"……아니, 그냥 있어보고 싶어."

"얼마 동안이나?"

"……그냥 있고 싶은 만큼."

그후로도 그는 종종 그 이야기를 했다. 하지만 언제 떠날 거냐고 물으면 늘 아직은 때가 아니라고 했다. 딱히 준비를 하고 있는 것은 아니고, 그냥 느낌이 오지 않는다는 것이었다. 하지만 핑계 같지가 않고 정말 그렇게 느껴졌다.

나는 그가 이 오랜 야간생활을 버리고 자연의 리듬에 맞춰 생활한다는 게 가능할까 싶었다. 가끔 상상했다. 어두워지면 잠이 들고, 이른 새벽 풍경소리에 잠이 깨며, 산나물을 먹고, 불공을 드리고, 휘청거리며 절 앞마당을 싸리비로 쓸고 있는 J의 모습은, 왠지 웃음부터 났다.

하지만 언젠가 니체가 말했다.
한낮의 빛이, 밤의 어둠의 깊이를 어찌 알 수 있으랴.

"걘 너무 자유로워."
어느날 사장님이 내게 그렇게 말했다. 물론 좋은 뜻으로 한 말은
아니었다. 그가 보기에 J의 자유란 언제나 충분한 것과 지나친 것
의 미묘한 경계에 있었다. 나도 그렇게 생각한다고 말했더니 그는
"너희들 나이에 필요한 건 자유가 아니야."
라고 했다.
"그럼 뭔가요?"
내가 묻자 그는 어깨를 으쓱하더니 말했다.
"그건 나도 모르지. 근데 자유는 아니야."
나는 약간 실망했다.

*

이 편의점은 강남 빌딩숲 한가운데 자리하고 있다. 지난겨울, 인
터넷에서 아르바이트를 구한다는 공고를 보고 면접을 보러 왔다.
공기중에 봄이 둥둥 떠다니던 2월의 끝무렵이었다.

딸랑, 하고 편의점 안으로 들어서자, 웬 몸집 커다란 남자가 카운터에 서 있었다. 그는 내게 거대 폭력조직에서 은퇴한 보스를 연상시켰다. 상대방에게 위압감을 주는 190쎈티미터는 족히 되어 보이는 큰 키에, 근육질의 우람한 몸매, 술과 담배 경력을 알 수 있는 붉은 기가 도는 어두운 피부, 숱이 많지 않고 약간 벗어진 머리, 그리고 어딘가 사람을 깔보는 듯한 눈빛을 하고 있었다.

나이는 사십대 후반쯤으로 보였는데 아디다스 맨투맨 티셔츠에 리바이스 청바지, 그리고 나이키 운동화 차림이었다. 일부러 겁을 주려는 듯이 인상을 찌푸린 채로 뭐든지 툭 뱉어내듯이 말했지만, 자세히 들여다보면 눈빛이 형형하고 선해 보였다.

그는 나를 한번 흘끗 보더니 딱 두 가지만 묻겠다고 했다.

"거짓말 잘하나?"

나는 이따금 하기는 하지만 거짓말하는 것을 상당히 귀찮은 일로 생각한다고, 솔직하게 대답했다. 그가 또 물었다.

"술은 좋아하나?"

"가끔 혼자 맥주 마시는 건 좋아하지만, 술자리는 싫어합니다."

"어째서?"

"사람들 많은 자리가 불편해서요."

그는 고개를 한번 끄덕하더니 술을 좋아하는지는 아침 일찍 출근하는 데 지장이 있을까봐 묻는다고 했다. 그러고는 내일부터 나오라고 했다.

"지각은 출근시간 오분 전까지 오지 않는 것을 의미한다. 삼진이면 아웃이야. 명심해라."

처음 며칠은 전 근무자에게 물건 진열, 발주, 계산기 다루는 법, 손님 대하는 법 등 크고 작은 것들을 배웠다. 그리고 그다음 며칠간은 사장님에게 직접 집중교육을 받았다.

그는 거의 결벽증 환자처럼 깔끔했고 모든 일에 자신만의 규율을 가지고 있었다. 모든 물건은 반드시 제자리에 있어야 하고, 걸레를 빠는 법부터 접는 법까지 모두 그의 방법을 따라야 했다.

예를 들어 걸레는 낡은 수건을 반으로 잘라서 만들었는데, 잘라낸 부분이 보이지 않도록 삼등분해서 깔끔하게 접어야 했다. 처음에는 걸레쯤이야 아무렇게나 접으면 어떠냐고 생각했지만, 점점 그런 건 조금도 중요하지 않아졌다. 시간이 갈수록, 나는 그가 마음에 들었다.

그는 뭐든지 두 번 말하는 것을 싫어했다. 하지만 어쩌다 자신의 착각으로 같은 얘기를 두 번 한다면, 처음 듣는 것처럼 가만히 있기를 원했다. 변명하는 것과 경우에 어긋나는 행동을 싫어했다. 뭐 하나 거슬리는 것이 있으면 절대 돌려 말하지 않고, 뺨 한 대 맞은 것처럼 얼얼하도록 직설적으로 얘기했다.

그는 알바생들에게 '어서 오세요' 같은 인사는 할 필요가 없다고 가르쳤다. 그냥 손님이 계산을 마치고 카운터를 떠날 때 '안녕히 가

십시오’ 정도만 해라, 고개 숙여서 인사할 필요는 없다. 뭔가 실수를 했으면 변명하지 말고 죄송하다고 하고, 네 실수가 아니면 그냥 가만히 있어라. 물건이 맘에 안 든다고 비이성적으로 화를 내면 그냥 다른 데 가서 사라고 해라. 처치곤란한 손님이 있으면 다른 말 하지 말고 나를 불러라.

그런 사람이었다. 그는 절대로 누구에게도 고개 숙이는 법이 없었다. 그래서 손님들과도 자주 싸웠다. 그는 비바람이 불면 넘어지지 않도록 몸을 굽히는 버드나무 따위는 절대로 될 수 없었다. 그는 들판 한가운데 꼿꼿이 서서 태풍이 불면 뿌리까지 뽑히든가 가장 먼저 번개를 맞든가 할 타입의 나무였다.

십년이 넘게 그곳에서 편의점을 운영해온 그는 오십이 가까운 나이지만 여전히 혼자였다. 딸린 식구도 없고 가끔 만나는 술친구들 몇명을 제외하고는 만나는 사람도 없는 것 같았다. 하지만 겉으로는 외로워 보이거나 부족해 보이지 않았다.

기본적으로 모두에게 불친절했으나 예의가 없지는 않았으며, 까닭없이 화내거나 싸우지도 않았다. 그는 자신을 포함한 모든 인간들에게 공평했다. 누구에게도 필요 이상의 감정을 드러내지 않았다.

나 또한 그에게 필요 이상의 말을 하지 않았다. 그와 마찬가지로 나 역시 잔소리 듣는 것도, 아쉬운 소리 듣는 것도 싫어하는 성격이라 그의 눈에 거슬리기 전에 모든 일을 끝내놓았다.

시간이 지나면서 나는 그가 나를 인정한다는 것을 느낄 수 있었다. 우리는 점점 이런저런 얘기도 하고 농담도 건넸으며, 때로는 즐겁게 웃기도 했다. 나는 왠지 모르게 그와 내가 서로 닮았다는 생각을 했다.

그는 특별한 일이 없으면 늘 편의점 안쪽 창고에 마련한 그만의 아지트에 틀어박혀 있었다.

창고 문을 열고 들어가면 오른쪽에는 음료를 넣어두는 냉장실과 걸레를 빨 수 있는 작은 씽크대가 있고, 과자류 재고를 보관하는 다락 같은 공간으로 통하는 나무로 된 작은 계단이 있다.

한편 왼쪽에는 컵라면 등을 쌓아두는 선반이 있고, 그 옆으로 작은 책꽂이와 커다란 책상이 하나 있다. 책꽂이에는 그다지 많은 책이 꽂혀 있지는 않다. 한방치료나 건강 관련 책자가 몇권, 성경책, 그리고 서류철이 몇개 있고, 아래칸에는 CD케이스들이 가지런히 쌓여 있다. 한 칸 더 아래에는 두루마리휴지와 유통기한이 지나 폐기처분한 빵이 쌓여 있다. 책꽂이 옆 옷걸이에는 사장님의 감색 윈드브레이커가 반듯이 걸려 있고, 그 옆에는 알바생들이 가방을 놔두곤 하는 플라스틱 의자가 쌓여 있다.

책상 위에는 컴퓨터가 두 대 있는데, 모니터 하나에는 늘 주식 프로그램 화면이 떠 있고, 다른 하나에는 그가 자리에 없을 때면 늘 일시정지된 영화나 쇼프로 화면이 떠 있었다.

어느날인가 진열대에 모자란 상품을 가지러 창고에 들어갔을
때, 사장님이 모니터에서 눈을 떼지 않은 채로 맥락없이 나를 불러
세우고는 말했다.

"너, 사람 믿지 마라."

컵라면 대여섯 개를 껴안고 나는 얼떨떨하게 서 있었다.

"정도 주지 마."

나는 알 수 있었다. 아마도 그것이 그의 삶의 모토였을 것이다.

하지만 시간이 흐른 뒤 나는 생각했다. 그가 나를 조금이라도 믿
지 않았다면 내게 그런 말을 하지 않았을 거라고.

*

초코파이 이야기가 집으로 돌아가는 내내 머릿속에서 떠나지 않
았다. 책을 읽어도, 음악을 들어도 자꾸만 춤추는 초코파이의 이미
지가 구체적으로 떠오르는 것이었다. 나는 느릿느릿 걸으며 다양
한 종류의 춤사위를 떠올려야만 했다. 건물들의 그림자를 따라 물
기없는 햇빛이 건조하게 부서지고 있었다.

대문 안으로 들어서자 나는 두 다리에 모래주머니를 하나씩 늘
려가는 기분으로 천천히 계단을 올랐다. 이층 층계참에서 서너살
남짓의 흑인 꼬마 둘이 재잘거리며 놀고 있었다.

아이들은 장난감 삽과 갈퀴로 콘크리트 바닥에 뭔가를 심으려는 듯 열심이었다. 한 아이가 문득 내 존재를 알아차리고는 알아들을 수 없는 영어로 내게 뭔가를 열심히 설명했다. 나는 그저 한번 씨익 웃어주고 다시 계단을 올라갔다.

나의 옥탑방은 이태원 해방촌 한가운데 위치한 사층짜리 건물 옥상에 있었다. 한 층 한 층 올라갈수록 가팔라지고 좁아지는 계단을 꾸역꾸역 올라가면, 다닥다닥 붙어 있는 건물들을 배경으로 멀리 남산타워가 보였다.

맘만 먹으면 옆집 옥상으로 뛰어넘어갈 수 있을 정도로 건물들의 간격은 좁았지만 외관은 서로 어떤 연관성도 없이 동떨어져 있었다. 늘 다양한 언어로 다양한 이야기 소리가 들려왔고, 다양한 삶의 방식들이 얹혀 있는 다양한 옥상들이 보였다. 그런 동네였다.

건축 재료가 남았으니 대강 옥상에 벽이나 세워볼까, 하는 식으로 지어진 느낌의 세 평 남짓한 방 한 칸에는 다행히도 반 평의 부엌과 반의 반 평의 화장실이 딸려 있었다. 소형냉장고, 밥솥, 좌식 책상과 노트북, 조립식 책꽂이, 일인용 침대, 이것이 내 살림의 전부였다.

가끔 뭔가 요리라도 할라치면 창문을 열어도 방 안이 열기로 가득 찼으며, 비가 오면 어김없이 곰팡이 냄새가 풍겼다. 여름에는 찌는 듯이 덥고 겨울에는 혹독하게 추운 곳이지만, 그런대로 살 만했다. 내게 필요한 것은 그저 나만의 공간, 나만의 고요였으니 그것으로 충분했다.

월요일부터 토요일까지 아침 여덟시부터 여덟 시간 동안 편의점에서 일하고, 일이 끝나면 집에서 책을 읽거나 음악을 듣거나, 그것도 아니면 노트북으로 영화를 보거나 하며 시간을 때웠다. 가끔씩은 근처 편의점에서 맥주를 사다 마시기도 했다. 일요일에는 청소와 밀린 빨래를 했다. 어쩌다 옛 친구들에게서 만나자는 연락이 오면 바쁘다는 핑계를 대며 미루곤 했다.

어둑해지면 문밖으로 나가서 지난봄 골목에서 주워온 금 간 플라스틱 의자에 눕듯이 앉은 채로, 묘한 흰색을 띠고 있는 남산타워를 하염없이 바라보았다. 단 하루도 기막힌 노을은 없었고, 어둠이 깔리고 나면 수억개의 궤도로 엇갈려 있을 인공위성도, 어느 별도, 행성도 드물게만 보였다. 하지만 그 와중에도 달은 매일매일 조금씩 모양을 바꿔갔다.

어느 영화에서 주인공인 여고생이 툭 내뱉듯 했던 말이 생각난다.
"혹시나 해서 사는 거지."
하지만 나로서는 그저 하루하루 존재하는 것으로 충분했다. 단지 내 인생에 어떤 풍미를 더하기 위해 '혹시나' 무슨 일이 일어날 것 같지는 않았다. 내게는 단 한번도 어떤 순간이, 어떤 필연성을 띠고 있다고는 여겨지지 않았다. 내가 저곳이 아닌 이곳에, 다른 시간이 아닌 이 시간에 있어야 할 이유는 아무것도 없었다. 나는 그저 이렇게 존재하고 있을 뿐이었다.

나는 줄곧 아무것도 하지 않아왔다. 하고 싶은 것도, 되고 싶은 것도 없었다. 내가, 무언가를 위해 살고 있다거나 살아야 한다거나 하는 생각은 들지 않았다. 하지만 나는 단 한번도 죽고 싶지는 않았다. 나는 그런 생각을 하는 것이 부끄럽다.

이따금 달을 올려다보고 있을 때면, 문득 이곳이 아닌 어디에서도 달은 조금씩 제 모습을 바꿔가고, 내가 움직이지 않아도 지구는 저만의 속도로 돌고 있다는 데 생각이 미치곤 했다. 그때마다 내가 느낀 것은 슬픔도 절망도 아닌, 지나치다 싶을 정도의 외로움이었다.

나는 매일 조금씩 알아가고 있었다.
나를 제외하고서도 세상은 그 자체로 이미 완전하다는 것을.

다시, M

고등학교 이학년 때 처음으로 사귄 남자친구는 사진 동아리에서 만난 동갑내기였다. 그다지 눈에 띄지 않는 평범한 그룹에 속했지만, 말이 많지 않고 매사에 진중했으며, 근본적으로 착한 마음씨를 가진 아이였다.

그애는 어째서인지 나를 무척이나 좋아해주었는데, 나는 그애를 좋아하지도 그렇다고 싫어하지도 않았다. 사귀기로 했던 것은 단지 호기심 때문이었다. 확실히 그때의 나는 지금보다 더 어렸고, 지금처럼 어리석었다.

천천히 떠올려보면 내가 그애에게 준 거라곤, 겨울날 교정에서 주운 커다란 플라타너스 잎(학교에는 플라타너스 나무가 없었는데 내가 그걸 건네자 깜짝 놀랐다. 어디서 났느냐기에 마법으로 만들었다고 했더니 퍽 좋아했다), 그리고 냉동실에 얼린 한 권의 책(그애의 생일날 동아리방 냉장고에 넣어두었었다), 그리고 어느 식당에서 음식을 기다리는 동안 휴지로 접은 종이학(학의 등에 그 식당 로고가 찍혀 있었다)이 전부였다.

그애는 내가 준 나뭇잎을 가져가기 위해 도서관에서 커다란 책을 대출했다. 얼었던 책이 다 녹을 때까지 꼭 껴안고 있었고, 그날 헤어질 때까지 내내 종이학의 꼬리를 조심스럽게 잡고 있었다.

아마도 그애는 그 모든 것을 소중히 간직했을 것이다. 어쩌면 지금까지도. 한편 그애가 나에게 준 것은, 여러 가지여서 기억이 나지 않는다.

어느 늦은 여름, 농익은 햇빛이 건물 안으로 가차없이 들이치던 오후, 우리는 동아리방에 딸린 암실에서 인화작업을 하고 있었다. 암실 안은 붉은 등을 켜고 있어도 캄캄했다. 인화지에 상이 떠오르기를 기다리는 동안 나는 작은 의자에 앉아 있었고, 그애는 내 앞에 무릎을 끌어안고 앉아 있었다.

어둠속에서 그애가 살며시 내 손을 잡았다. 하지만 나는 그 손의 따뜻함을 견딜 수가 없었다. 더웠다. 내가 그만해야겠다고 하자, 그애는 한참을 아무 말이 없더니 불쑥 말했다.

"진심이었어."

그날 그애가 사용한 진심이라는 단어에 나는 당황했다.

진심이라니.

나는 살면서 그 단어를 단 한번도 쓸 수 없을 것 같다.

*

한편 언젠가 내가 전단지로 접어준 종이배를, M은 대수롭지 않게 식당 테이블에 버려두고 나왔다. 그가 나에게 준 것은 반짝이는 파워레인저 스티커(그는 주고 싶어하지 않았는데 내가 뺏다시피 했다)와, 그의 손바닥이 찍힌 사진 한 장(내가 카메라를 들이대자 급하게 얼굴을 가리느라고 그랬다), 그리고 책갈피(노트 한 귀퉁이를 찢어서 이상한 그림을 그려주었다) 정도랄까. 내가 그에게 준 것은, 종이배 외에는 없는 것 같다.

기억나지 않는다.

그런 그를 다시 만난 것은 일주일쯤 전, 새벽부터 어슴푸레 안개
가 낀 날이었다. 딸랑, 문이 열리고 양복을 말끔히 차려입은 젊은
남자가 망설임없이 카운터로 다가왔다.

"레종 멘솔 주세요."

익숙한 목소리. M이었다. 겨우 일년이 지났을 뿐인데 목소리를
들을 때까지 알아보지 못했다는 데 나는 적잖이 놀랐다. 내가 놀란
표정을 짓자 그도 그제야 나를 알아보는 듯했다. 그는 늘 그렇듯 그
다지 동요없는 표정으로 무심하게 말했다.

"너였네."

"응, 나야."

내가 웃으며 그렇게 말하자 M도 자신의 말이 좀 이상하다고 느
꼈는지 피식 웃었다. 그는 잘 다려진 진회색 양복을 입고, 흰 와이
셔츠에 약간 광택이 흐르는 어두운 바다색의 넥타이를 매고 있었다.
그가 양복을 입은 모습은 처음 보았지만, 생각보다 잘 어울렸다.

얼핏 보기에는 그다지 변한 것이 없었다. 전보다 살이 더 찌지
도, 더 마르지도 않았다. 똑같은 말투, 똑같은 목소리였다. 확실히
일년이란 그렇게 긴 시간은 아니었다.

처음에는 그를 단번에 알아보지 못한 것이 아마도 내가 그의 옆
모습에 익숙했기 때문이려니 생각했다. 하지만 단지 그뿐만은 아
니었다. 나는 알 수 있었다. 무언가가 달라져 있었던 것이다.

“이 동네엔 웬일이야?”

내가 묻자 그는 지갑을 손에 든 채로 대답했다.

“면접이 있었어.”

나도 모르게 풋, 하고 웃었다.

“나도 웃겨.”

그는 웃음기없는 얼굴로 말했다.

“근데 너는 왜 여기 있지?”

그가 물었다.

“무슨 뜻이야?”

“그냥.”

“학교는 어쩌고 이런 데서 일하고 있냐고?”

“아니, 그보다는.”

“세상엔 수많은 편의점이 존재하는데 왜 하필 여기서 일하고 있냐고?”

그는 대답 대신 어깨를 한번 으쓱했다. 나는, 뭐 늘 그렇듯이 어쩌다보니 그렇게 되었다고, 그나저나 면접을 보다니 무슨 면접이었느냐고 물었다.

“평범한 회사원이 되는 면접이었지.”

“난 선배는 면접 같은 건 안 볼 줄 알았어.”

“‘면접 같은 거’라니, 나라고 뭐 다를 게 있겠어.”

“……어느 팀에도 속해 있지 않다고 했잖아.”

그는 잠시 아무 말이 없다가는, 침착하게 말했다.

"팀 같은 건 없었어. 나만 몰랐던 거지."

나는 레종 멘솔 담뱃갑을 꺼내 바코드를 찍었다. 삑, 하고 단단한 침묵에 균열이 생겼다. 그는 마치 스스로에게 중얼거리듯 나지막한 목소리로 말했다.

"절대로 그렇게는 못 살 것 같다고 생각하지. 근데 그렇게 살다 보면 그런 식으로 사는 데 익숙해지는 거야."

*

며칠 후 그에게서 전화가 왔다.

저녁 여섯시쯤 방바닥에 앉아서 마른 빨래를 개고 있을 때였다. 그는 요즘 낮시간엔 모 중소기업에서 인턴으로 근무하고, 저녁시간에는 영어회화학원에 다닌다고 했다. 그러니까 늦은 아홉시쯤 만나자, 괜찮겠니, 하고 그는 물었다.

나는 그 시간에는 생방송 아홉시 뉴스데스크를 봐야 하기 때문에 안된다고 했다. 집에 텔레비전도 없는 나로서는 그저 농담이었는데, 그는 진지하게 그럼 열시에 만나자며 전화를 끊었다.

우리는 둘 다 휴대폰이 바뀐 것도 아니었고, 서로의 번호도 그대로 저장되어 있었다. 마음만 먹으면 언제든 연락할 수 있었지만 둘 중 누구도 그 마음을 먹지 않았던 것이고, 그래서 나는 그가 내게 전화를 걸 때 가져야 했을 마음가짐에 대해 잠시 생각했다.

거기까지 생각이 미치자 나는 좀 두려워졌다. 심장이 약간 두근 두근하는 것을 느낄 수 있었다. 두려움 때문인지, 설렘 때문인지 알 수 없는 묘한 박동의 두근거림이었다.

전화를 끊고 잠시 멍하니 있다가, 한번 크게 심호흡을 했다. 그 러고는 개다 만 빨래에서 내가 가장 좋아하는, 고래가 그려진 연회 색 티셔츠를 골랐다. 잠시 거기다 코를 묻고 따끈한 여름햇살의 냄 새를 맡았다. 그리고 곁의 의자 위에다 그것을 잘 펼쳐놓고서 다른 옷들을 마저 개켰다.

빨래 정리를 마치고, 나는 요즘 읽고 있는 루이제 린저의 『생의 한가운데』를 들고 문을 나섰다. 바깥 공기는 아까보다 많이 식어 있었고, 하늘은 약간 안색을 바꾸고 있었다. 나는 플라스틱 의자에 털썩 앉아서 책을 펼쳤다.

아이고 맙소사, 하고 니나는 소리쳤다. 바로 그거라니까. 나는 인생 속을 헤매고 있어. 마치 집시여자같이 말이야. 내 생활을 좀 보라니까! 한 곳도 분명한 데라곤 없어.

평소처럼 독서가 시간을 빨리 가게 해주기를 바랐지만 이상하게 집중이 잘 되지 않았다. 나는 단념하고 책을 덮었다. 방으로 돌아 가 샤워를 하고, 머리를 말리고, 최소한의 화장을 했다. 나는 모든 동작을 아주 천천히 하려고 애썼다.

　골라둔 티셔츠와 즐겨 입는 청바지로 갈아입고는, 침대에 대각선으로 가만히 누웠다. 그래도 시곗바늘은 아직 일곱시를 가리키고 있었다.

＊

　침대에 누운 채로 그만 깜박 졸아버렸기 때문에, 서둘렀는데도 약속시간에서 삼십분을 늦고 말았다. 허겁지겁 역을 나서자 M은 지하철역 출구 옆 건물 벽에 비스듬히 기대어 서 있었다.

　바스키아 느낌이 나는, 낙서 같은 얼굴이 그려진 흰 티셔츠에 편안한 청바지 차림이었다. 지난번보다는 확실히 알아보기 쉬웠다. 그는 뭔가 골똘히 생각하는 것처럼 바닥의 어느 한곳을 뚫어지게 바라보고 있었다.

　나는 아무 말 없이 다가가서 가만히 서 있었다. 그는 그후로도 한참을 눈치채지 못하다가, 내가 조용히 어깨를 두드리자 잠에서 막 깬 듯한 얼굴로 고개를 들어 나를 보았다. 그리고 그제야 생각났다는 듯이

　"어, 왔어?"

라고 했다. 그는 마치 나를 기다리기 위해서가 아니라 뭔가를 생각하기 위해 거기 서 있었던 사람 같았다.

“미안해요.”

늦어서 미안하다기보다는 나타나서 미안하다는 느낌으로 내가 사과하자 그는 흘끗 손목시계를 들여다보았다.

“늦었네.”

그는 자연스럽게 내 팔을 끌어당기며 말했다.

“가자.”

오랜만에 찾아온 종로 일대는 여전히 사람들로 붐볐다. 우리는 나란히 걷기보다는 앞서거니 뒤서거니 하는 식으로 순대국밥집까지 걸었다. 앞서가던 그가 뒤돌아서 뭐라고 말했다. 사람들의 웅성거림과 요란한 음악소리 때문에 잘 들리지 않았다.

“뭐라고?”

내가 확성기처럼 두 손을 입에 대고 말했다. 그랬더니 그가 내 쪽으로 바짝 다가오더니 큰 소리로 말했다.

“우산 가져왔어?”

나는 고개를 저었다.

그러자 그는 내 왼쪽 귀에 얼굴을 가까이 대고는 조용히 말했다.

“비냄새가 나.”

흡연의 계절

그로부터 일주일이 지났다. 그날의 비를 끝으로 일주일 동안 단 한번도 비가 내리지 않았다. 그런만큼 덥고 지루한 한 주였다.

이따금 중학생쯤 되어 보이는 무리가 에어컨 바람을 쐬기 위해 들어와 테이블을 한 시간씩 장악하고 있기도 했고, 식사를 마친 회사원들 열댓 명가량이 우르르 몰려들어와 가위바위보로 아이스크림 내기를 하기도 했다. 그들은 아이스크림을 한꺼번에 가져오지 않고 각자 고르는 대로 한 명씩 계산대로 가져와서 나의 분노를 사곤 했다.

나의 일상은 J의 시시한 농담과 사장님의 군 시절 이야기로 점철되었다. 나는 출근하고 퇴근했으며, 또 출근하고 퇴근했다.

*

출근시각 여덟시 오분 전까지 편의점에 도착하려면 적어도 여섯시 반에는 집을 나서야 했다. 나는 녹사평역에서 6호선을 타고 신당역까지 간 뒤 다시 2호선으로 갈아타고 강남역까지 갔다. 삼각지에서 4호선으로 갈아타고 사당에서 다시 2호선으로 갈아타는 게 가장 빠르지만, 지하철을 두 번 갈아타는 것이 귀찮아서 더 오래 걸려도 그렇게 했다. 내게 지하철은 집중해서 책을 읽기에 꽤 적합한 공간이기 때문에 좋아했다.

　물론 버스를 탈 수도 있었지만, 나는 버스 타는 것을 무척이나 무서워한다. 유독 균형을 잘 잡지 못하는지, 버스를 타면 내내 식은 땀을 뻘뻘 흘리며 버스 손잡이에 매달려 있곤 하기 때문이다. 혹여 손잡이를 놓치면 운전석까지 마구 달려나가게 되거나, 누군가의 무릎에 털썩 주저앉게 될 것만 같아 겁이 난다.

　언젠가 무엇 때문이었는지 단 한번 M과 함께 버스를 탄 일이 있다. 그런 나를 보고 그는
　"손잡이 뽑히겠다."
라며, 키도 작으면서 그러다 아예 허공에 매달려서 가겠다고 놀리더니, 그러지 말고 그냥 자기 팔을 잡으라고 했다.
　"내 팔도 뽑지 말고 살살 잡아, 안 넘어질 테니까."
　버스는 여전히 흔들렸고, 버스 손잡이가 아닌 그의 팔을 잡았을 뿐인데 나는 순식간에 안정을 되찾았다. 그것은 아마도 그가 내 옆에서 함께 흔들려주었기 때문인지도.

　여덟시 이전의 지하철에는 늘 많지도 적지도 않은 사람들이 타고 있었다. 붐비지는 않지만 좌석에 앉기는 어려운, 딱 그 정도였다. 나는 늘 출입문 쪽을 향해 뒤돌아서서 아이팟으로 음악을 들으며 책을 읽었다.
　그렇게 지하철에서 책을 읽다가 몇번인가 내릴 역을 놓친 적도

있었다. 다행히도 출근할 때는 그런 적이 없지만, 퇴근할 때에는 마음을 놓아서인지 정신없이 책장을 넘기다보면 어느새 몇정거장이나 지나쳐 있곤 했다.

학교를 휴학한 후 반년 남짓한 시간 동안 나는 많은 책을 읽을 수 있었다. 그 외에는 달리 할일이 없었기 때문이다. 나는 책꽂이에 꽂혀 있는 책을, 전에 읽었건 아니건 장르에 관계없이 차례대로 하나씩 읽어나갔다.

가끔은 일이 끝나면 대형서점에 들러 에어컨 바람을 쐬며 신간들을 뒤적거렸다. 마음에 드는 책이 있으면 내키는 대로 아무데나 주저앉아 몇시간이고 읽다가 집으로 돌아오기도 했다.

이어폰을 꽂은 채로 책을 읽고 있으면 눈과 귀가 완벽히 차단되어서 외부에 일절 신경을 쓰지 않게 되는 점이 좋았다. 그리고 시간이 빨리 흘러가는 것도 좋았다. 잠자리에 누우면 스탠드를 끌어당겨 켜고, 책을 읽다가 졸리면 잠들었다. 그러면 어떤 식으로 내일 하루를 보낼지 생각하기 전에 잠들 수 있었다.

내일 하루도, 이렇게 보내면 되는 것이다.

여섯시가 되면 알람소리에 눈을 뜨고, 더 누워 있고 싶다는 생각도 없이 벌떡 일어난다. 늘 지나치게 충분히 잤다는 느낌이다. 그리고 자동인형처럼 외출할 준비를 한다.

세수를 하고, 머리를 감고, 어떤 옷을 입을까 약간 고민하고, 드라이어로 머리를 말리고, 대강의 화장을 하고, 어제 내려놓은 가방을 그대로 집어들고 집을 나선다. 이따금 다 읽은 책만을 새 책으로 바꿔넣는다.

매일 같은 반복이었다. 하지만 나는 이 반복이 그다지 지루하다고 느껴지지 않았다. 어디로 어떻게 가야 할지를 전혀 모르는 내게 일시적으로나마 어떤 궤도가 주어졌다는 사실이 차라리 감사하기까지 했다.

강남역에서 나와 십분 정도 걸어야 하는 출근길에는 스타벅스나 커피빈 따위가 몇개씩이나 있고, 테이블에 앉아 아침부터 노트북을 펼치고 뭔가에 열중하는 사람들이 흔하게 눈에 띄었다.

제법 값비싸 보이는 정장을 차려입고 바쁜 걸음으로 걷는 사람들 사이에서, 인터넷 쇼핑몰의 혜택을 받은 완벽하게 캐주얼한 차림을 하고 걷는 것은 이따금씩 굉장히 생소하게 느껴졌다.

신문이나 보험, 자동차 전단지는 내게는 나눠주지 않았다. 어쩌다 휴대폰 광고나 어학원 전단지를 받으면, 나는 편의점에 도착할 때까지 그것으로 종이배를 접으며 걸었다. 그리고 쐐—한 표정으로 담배를 피우고 있는 J의 왼손가락에 접은 종이배를 끼워주곤 했다.

　　　　　　　*

“옛날에—”

내가 왼손 검지에 끼워준 종이배를 까닥거리며 그가 이야기를 시작했다.

“어느 마을에 한 부부가 살았대. 남편은 아내를 정말정말 사랑했대. 근데 이 여자가 다른 남자랑 바람이 난 거야. 남편은 너무 화가 나서 아내를 한 대 때렸는데, 이럴 수가, 그만 죽어버린 거야. 남자는 어쩔 줄 몰라하다가 아무래도 안되겠다, 강에다 던져버리는 수밖에, 하고 생각했대. 그리고 어느 깜깜한 밤에 아내의 시체를 강으로 가져가서 던져버렸어.”

“설마 또 그냥 끝은 아니지?”

“들어봐. 이십년쯤 지난 뒤에 남자는 다른 여자를 만나서 새로운 가정을 꾸렸대. 어느 날씨 좋은 날 아이들이 아빠, 바다에 놀러가요, 한 거야. 그래서 이것저것 챙겨서 바다로 떠났어. 신나게 놀고 나서 모두 잠든 밤에 남자는 낚시나 할 요량으로 낚싯대를 메고 바닷가로 갔대. 낚시를 띄워놓고 기다리는데 어어, 입질이 오는 거야. 보니까 여간 큰 놈이 아닌 것 같았어. 묵직하게 낚싯줄이 당겨지는 게 느껴졌지.”

“………”

“남자는 힘껏 낚싯대를 당겼어. 그랬더니—”

“시체?”

"그건 바로 춤추는 초코파이였어."

나는 웃었다. 어이가 없기도 하고, 또 열심히 말하는 그가 정말 이지 우스워서였다.

"괜찮지!"

"응."

"진짜 재밌지?"

"이걸 위해서 어제 그 수모를 견딘 거잖아. 훌륭해."

"내내 생각했어. 내일 아침까지 기다려야 한다고."

"……고생했어."

"이 유머의 핵심은 바로 그 공백에 있는 거니까. 공백이 길수록 효과는 더 좋아지지. 이제 춤추는 초코파이 따위는 완전히 잊었다 싶을 때, 바로 그때 하는 거야."

그는 진심으로 뿌듯해했다.

"근데 도대체 그런 얘기는 어디서 알게 된 거야?"

"……초등학교 때 일기장에서."

그렇게 말하고 그는 고개를 뒤로 젖히고 한바탕 웃었다. 웃는 그가 우스워서 나도 따라 웃었다. 이윽고 그는 정신을 차리더니 진지한 표정으로 물었다.

"……어떨 거 같아? 그 여자한테 들려주면?"

"물고기?"

"응."

나는 어깨를 으쓱하며 말했다.

"전혀 모르겠어."

"그래?"

"……말은 걸어봤어?"

"아니."

"……인사는 하지?"

"아니."

"인사도 안해?"

"……창피해서."

"근데 초코파이 얘긴 안 창피해?"

"………"

"인사부터 해. 왜 하필 초코파이 얘기야."

그러자 그는 말했다.

"그냥, 웃는 얼굴 보려고."

*

다음날 나는 그녀를 만나버렸다.

나는 아무런 준비도 되어 있지 않았다.

그녀는 딸랑, 소리를 내며 내 인생에 갑자기 나타난 것이다.

물고기.

한눈에 알아볼 수 있었다. 가게 안으로 들어선 그녀는 입에 담배 한 개비를 물고 있었다. 그녀는 우산을 들고 있던 왼손가락에 담배를 끼우더니 곧장 카운터로 헤엄치듯 다가와서는
"라이터 좀 빌릴 수 있을까요?"
라고 물었다.
"라이터도 없고, 돈도 없어서."
그러고는 갑자기 미소지었다.

그것은 내가 태어나서부터 지금까지 한번도 본 적이 없는 미소였다.
아니, 어쩌면 나는 그것과 아주 똑같은 종류의 웃음을 언젠가 다른 이의 얼굴 위에서 보았는지도 모른다. 다만 그 순간이, 그 순간의 공기가, 공기중의 먼지가, 그 먼지에 닿은 햇빛의 세기가 문제였는지도 모른다. 그 순간 나는 그 미소를, 태어나서 처음 보는 것처럼 느꼈다. 그래야 했다.

불시에 그런 웃음을 당했기 때문에, 나는 약간 정신나간 사람처럼 몸을 수그려 카운터 밑에 있는 사장님의 라이터를 집어들었다. 고개를 들어보니 그녀는 어느새 다시 담배를 입에 물고 있었다. 그리고 내가 건네는 라이터를 받아서 얼른 불을 붙이더니 굶주린 사람처럼 급하게 한 모금을 빨았다.
극도로 쐐—한 표정을 짓더니 그녀는 그제야 깨달았다는 듯

"아, 미안해요."

라고 말하며 서둘러 문 쪽으로 걸어갔다. 딸랑, 소리가 나고 문이 닫히는가 했더니, 그녀의 고개만 불쑥 다시 나타났다.

"땡큐."

땡큐,와 딸랑딸랑, 종소리의 여운이 귓가에 한동안 맴돌았다.

역시 J도 당한 것이다.

잠시 후 나는 카운터에 기대어 세워진 그녀의 우산을 발견했다. 투명한 일회용 비닐우산. 새삼스레 밖을 내다보았지만 비는 내리지 않았다. 오늘중으로 내릴 것 같지도 않았다. 여하튼 나는 우산을 카운터 안으로 들여놓았다.

우산은 똑딱단추가 망가져 있었다. 나는 대신 서랍에서 노란 고무줄 하나를 꺼내 단정하게 감아놓았다. 그리고 혹시 그녀가 지나갈지도 모른다는 생각에 줄곧 창밖을 내다보았다. 그런데, 어떻게 생겼더라.

물고기를 닮은 얼굴이란, 다시 떠올려도 쉽게 떠오르지 않는 그런 얼굴이었다. 머리가 길었는지 짧았는지, 키는 컸는지 작았는지, 어떤 옷을 입고 있었는지 전혀 기억나지 않았다. 그저 어슴푸레하게 그 미소의 느낌만이 남아 있었다.

*

비의 기운이라곤 전혀 없이 쾌청하던 하늘이 먹물이 퍼지듯 서서히 *끄물끄물*해지더니 툭, 하고 첫번째 빗방울이 떨어졌다. 시간은 오후 세시 오십분을 가리키고 있었다. 곧 퇴근시간이다. 딸랑, 하고 문이 열리더니 노란 우산이 불쑥 나타났다. 오후 근무자인 H였다.

그녀는 올해 초 대학을 졸업하고 런던으로 유학을 가기 위해 오전에는 학원에서, 오후에는 편의점에서 일을 하며 돈을 모으고 있었다. 꼬박 서 있어야 하는 근무인데도 매일 꼿꼿하게 킬힐을 신고, 무대화장 수준의 입체화장을 하고 나타났다. 그런 면에서 나는 그녀를 약간 존경했다.

하지만 그녀는 생각보다 꾸밈없는 성격의 소유자였다. 몇마디 이야기를 나눠보면 알 수 있었다. 그리고 귀여운 부산 사투리를 썼다. 사투리를 쓰는 사람은 영어를 해도 사투리처럼 들린다는 얘기를 어딘가에서 들었다고, 종종 사투리로 투덜대곤 했다.

게다가 그녀는 가십 걸이었다. 마치 머릿속에 잡지 몇권과 주간지 몇권의 데이터가 차곡차곡 저장되어 있는 듯했다. 그녀의 방대한 데이터베이스는 이야깃거리를 찾아 머뭇거리는 법이 없었다. 다행히도 나는 말하는 것보다는 듣는 걸 좋아하는 편이지만, 그래서 늘 칼퇴근은 먼 이야기였다.

인수인계를 끝낸 뒤에도 나는 한참을 언니에게서 모 탤런트의 비화를 듣고 있었다. 언니 친구의 친구가 아는 사람의 친구가 직접 겪었다는 그런 종류의 이야기였다.

딱히 감정이입이 되지는 않았지만 적당히 맞장구를 치면서 듣고 있는데 딸랑, 하고 누군가 나타났다. 물고기였다. 머리카락에 맺힌 조그만 빗방울들이 그녀가 움직일 때마다 반짝거렸다.

"우산을 두고 간 거 같아서요."

그녀는 내 쪽을 쳐다보며 말했다.

"아, 네."

나는 카운터 안쪽에 세워둔 비닐우산을 집어 그녀에게 건네주었다.

"고마워요."

라고 하며 그녀는 다시 아까와 같은 근사한 미소를 지어 보였다. 그녀가 가진 미소의 컬렉션 중에서, 고마워해야 할 때 쓰는 카테고리의 두번째 쌤플 정도로 보였다. 나는 정신을 차리고 얼핏 H 쪽을 보았지만 그녀는 별 감흥이 없어 보였다. 물고기는 또다시 헤엄치듯 유유히 문밖으로 사라졌다.

곧이어 나도 퇴근을 결심했다. 창고로 들어가 유니폼을 벗어 걸어두면서 사장님에게 인사를 했지만, 그는 본체만체 모니터만 들여다보고 있었다. J가 내게 하는 것과 똑같은 형태로, H에게 여유로운 안녕을 보내며 나는 딸랑, 유리문을 열었다.

문앞에 물고기가 서 있었다. 처마 밑에서 비를 피하면서, 담배

한 대를 입에 물고 있었다. 비의 비린내와 막 피워낸 담배냄새. 나는 오랜 향수를 느끼듯 그것들을 느꼈다. 그것들은 언제나 순식간에 나를 어딘가 알 수 없는 곳으로 데려다놓곤 했다. 하지만 돌아오는 데는 늘 한참이 걸렸고, 혼자였다.

나는 무작정 길로 나섰다. 문득 올려다보니 잿빛 하늘을 배경으로 빗줄기가 보일 듯 말 듯 가늘게 흩어지고 있었다. 나는 천천히 비의 일부가 되어가고 있다고 느꼈다.

그때, 갑자기 내 시야에서 빗줄기들이 방울로 맺히기 시작했다. 나는 깜짝 놀라 돌아보았다. 곁에 물고기가 서 있었다. 그녀의 투명한 비닐우산에 빗방울이 맺힌 것이었다.

"왜 비를 맞아요, 머리 빠져요."

그녀는 웃으며 그렇게 말했다. 그것은 또다른 종류의 미소였다.

"아…… 고맙습니다."

나는 그녀 곁에서 천천히 걸으며 힐끔힐끔 그녀를 살펴보았다. 직접 자른 듯한 짧은 머리는 멋대로 비뚤어지고 헝클어졌지만 자연스러워 보였다. 쌍꺼풀이 없는 눈은 무표정할 때도 웃는 듯한 느낌을 주었고, 입꼬리 역시 약간 올라가 있었다. J와는 확실히 다른 종류의 하얀 피부에, 키는 나보다 약간 컸다.

헐렁한 회색 민무늬 티셔츠는 소매를 어깨까지 걷어올렸고, 마치 잠옷바지처럼 보이는 검은색 통바지를 입고 있었다. 커다란 컨

버스 숄더백을 한쪽 어깨에 메고, 굽도 없고 아무런 장식도 없는 낡은 가죽 샌들을 신고 있었다. 마치 오래된 여행객 같은 차림이었다.

"어디까지 가세요?"

그녀가 물었다.

"저기 역까지요."

"잘됐네요. 나도 지하철 타요."

그녀는 들고 있는 우산만 아니라면 손뼉까지 칠 기세로 좋아했다.

"저는 요 앞 까페에서 일해요."

그런데 어째서 한번도 보지 못했는지 물었더니 그녀는

"여기서 일한 지 한 반년 되어가는데, 오늘 처음으로 지각했어요. 여덟시 전에 가 있어야 하거든요. 이왕 늦은 거 담배나 한 대 피우자 싶어서 한 개비 꺼내 입에 물었는데, 그제야 깨달은 거 있죠, 라이터가 없다는 걸."

이라고 말하며 소리내어 웃었다.

"그런데다 돈도 없고. 라이터야 까페에 몇개 있는데, 들어가고 나면 못 피우니까 어쩔 수 없었지 뭐예요."

나도 웃으며 말했다.

"전 근무자가 얘기하던데요."

"제 얘기를요?"

“네.”

“이상하네. 늘 화난 것처럼 인사도 안하시던데. 날 아는지 몰랐어요.”

그녀가 고개를 갸우뚱했다. 나는 속으로 웃었다. 그때 그녀가 물었다.

“……그분 혹시 음악 하는 분이에요?”

“아뇨.”

그녀는 음, 하고 고개를 끄덕하더니 한번 생긋 웃었다.

“그쪽은?”

“……음악 하냐구요?”

“네.”

“아뇨, 전혀.”

“그냥 그런 것 같은 생각이 들었어요.”

나는 침묵했다. 나쁘지 않은 기분이었다.

“……뭔가 그런 구석이 있어요.”

그녀가 중얼거리듯 말했다. 빗방울이 더 굵어졌다. 나는 그녀가 나 때문에 비를 맞지 않도록 조금 더 우산 바깥쪽으로 비켜섰다. 오른쪽 어깨가 젖었다. 갑자기 그녀가 뭔가 재미있다는 듯이 물었다.

“말수가 적은 편이죠?”

“……그보단 말할 기회도 없고, 딱히 할말도 없고 그래서 그래요.”

내가 웅얼거리자 그녀는

“그게 말수가 적은 거지 뭐예요.”

하고 깔깔 웃었다. 시원한 웃음소리였다. 나도 모르게 따라서 웃게 되었다.

“……아침엔 전혀 비가 올 것 같지 않았는데, 어떻게 우산을 챙기셨네요.”

내가 묻자 그녀는 조심스럽게 내 쪽으로 몸을 기울이며 말했다.

“비냄새가 나니까요.”

“……똑같은 말을 했던 사람이 있어요.”

그러자 그녀는 눈을 동그랗게 떴다.

“그래요? 누구?”

“그냥…… 어떤 사람.”

“어떤 사람?”

나는 고개를 끄덕였다. 그녀가 말했다.

“아침에 창문을 열면, 비냄새가 확 들이치는 때가 있어요. 그럼 우산을 챙기면 되지.”

“……근데 그 사람은 우산을 안 챙겨요.”

“어째서?”

그녀는 의아해했지만 나는, 대답 대신 웃어야 했다.

*

J에 대한 그녀와 나의 첫인상과는 전혀 무관하게 밴드를 했다는

사람은 사실 따로 있었다. 퍽 상상하기 어려운 일이지만, 바로 사장님이 대학시절부터 졸업 후 몇년까지 밴드에서 베이스를 쳤다는 것이다. 다른 악기도 많은데 그중에서도 왜 베이스기타를 골랐느냐고, 언젠가 물었을 때 그가 말했다.

"한땐 다루는 악기를 보면 연주하는 사람을 알 수 있다고 생각했지."

"지금은 아니에요?"

"지금은 잘 모르겠어. 살면서 자신이 세운 가설을 증명하거나 반박하는 사람은 드물어. 그냥 좀더 쉽게 그러려니, 하게 되는 거지."

그가 카운터에 한쪽 팔을 기대고 선 채로 이야기를 계속했다.

"아무튼, 그래서 난 거꾸로 생각한 거야. 베이스기타를 다룰 줄 알면 베이스기타와 어울리는 사람이 되지 않을까, 하고."

"베이스의 어떤 점이 좋았는데요?"

그는 새삼스럽다는 듯 자신의 손가락을 물끄러미 들여다보며 말했다.

"글쎄, 있을 땐 잘 모르겠지만 없으면 상당히 허전한 거지, 베이스의 존재감이란 건. 확실히 음을 가졌지만 실은 리듬이 더 중요하거든. 높은 파장을 내기보다는 두둥, 진동을 만들어낸다는 점이 좋았어."

"음."

"깊이가 있는 악기거든, 그게. 그 시절의 내가 갖고 싶었던 건 바로 그 약간의 깊이였던 것 같아."

"깊이……"

"그래, 그런 시절이었으니까. 모두들 너무 말이 많았어. 결국 근본적으로 바뀐 건 하나도 없었지만, 어쨌든 모든 게 바뀌어가고 있었지 그때는."

잠시 침묵이 흐른 뒤 나는, 내게는 어떤 악기가 어울릴 것 같으냐고 물었다. 그는 별로 생각하지도 않고 간단히 대답했다.

"씸벌즈."

나는 약간 실망해서 말했다.

"뭐예요."

"어째서. 씸벌즈가 얼마나 힘든 악기인데. 다른 악기의 속도에 휩쓸리지 않고 조용히 있다가, 몇번 오지 않는 네 차례에 정확히 네 리듬을 치는 거야. 그게 얼마나 어려운지 아냐."

나는 고개를 저었다.

"씸벌즈 주자에게 제일 중요한 게 뭔지 아니?"

나는 또 고개를 설레설레 저었다.

"집중력이다. 오케스트라가 아무리 현란한 연주를 펼쳐도 가만히 집중해서 그 모든 소리를 듣고 있다가, '쨍' 하고 씸벌을 맞부딪치는 거야."

그는 마치 정말 씸벌즈를 맞부딪치는 듯한 몸짓을 하며 말했다.

"근데 그게 어째서 나예요?"

내가 묻자 그가 잠시 머뭇거리다 대답했다.

"너에게는 너만의 속도가 있으니까."

그가 사뭇 진지하게 말했기 때문에 나는 약간 쑥스러워졌다.

"난 내가 독주에나 알맞은 악기라고 생각했는데."

내가 그렇게 얘기하자 그는 알 수 없는 표정을 지으며 말했다.

"이 세상에 합주를 못하는 악기는 존재하지 않아."

하지만 합주를 하기에는 너무 오래 장롱 깊숙이 틀어박혀 있는 베이스기타처럼, 그는 여간해선 창고 사무실에서 나오지 않았다. 하지만 그런 그도 비가 오는 날이면 어김없이 스멀스멀 창고에서 빠져나와 내게 다가오곤 했다. 내가 카운터 밑에서 라이터를 꺼내주면 그는 밖으로 나가 처마 밑에서 쒜—한 표정을 지으며 담배를 피웠다.

라이터를 주머니에 넣어두지 않는 것도 이유를 알 수 없는 그의 원칙 중 하나였다. 라이터는 그의 사무실 책상에 하나, 카운터 밑에 하나, 그의 집 현관 신발장에 하나, 그렇게 세 개가 있었다. 그리고 하루에 오직 다섯 개비의 담배만을 피웠다.

아침에 일어나자마자 한 개비, 그리고 세끼 식사 후 '식후땡'으로 세 개비의 담배와 잠들기 전 한 개비. 그렇게 총 다섯 개비인데 비 오는 날만큼은 예외였다. 비 오는 날에는 원하는 만큼 피우는 것이 그의 또다른 원칙이었다.

언젠가 내가, 그러면 여름에는 너무 많은 담배를 피우게 될 것 같다고 했더니 그는 정색하고 말했다.

"봄가을겨울에는 조금 피우니까."

약간 실망했지만 맞는 말이었다.

*

사장님의 담배는 마일드쎄븐이었다. 마일드쎄븐 라이트는 소프트팩과 하드팩이 있는데, 사장님은 소프트팩을 피웠다. 마일드쎄븐을 달라는 손님에게는 늘 어느 것을 드릴까요, 물어봐야 하기 때문에 퍽 귀찮았다.

껍데기만 다를 뿐 똑같은 마일드쎄븐인데 왜 굳이 어느 하나를 고집하는지 알 수 없었다. 하지만 사장님에게 물어본다면 그건 그저 그의 원칙이라고 대답할 것이 뻔했다. M에게 물어본다면 이렇게 대답했을 것이다. 그냥 습관이라고.

습관이란 무서운 거라고 어느 밴드는 노래했지만, 습관의 종류는 인간의 염색체 배열만큼이나 복잡다양하다는 생각이 들 때면 좀더 무서워지기도 한다. 내가 일하는 편의점에서만도 하루에 수십 명의 사람들이 각자의 습관대로 담배를 사가는 것이다. 누군가는 소프트팩을 사고 누군가는 하드팩을 산다. 누군가는 올 때마다 라이터를 새로 사고, 누군가는 갈 때마다 거스름돈을 두고 간다.

하지만 나는 그들을 대략 세 부류로 구분한다.

일단 고급담배파. 대나무숯 필터의 에쎄 순이나 가장 비싼 에쎄 골든리프, 클라우드나인 따위의 제법 고가의 담배를 사는 중년남성들이다.

그리고 이제부터는 몸을 좀 생각해볼까, 하는 저타르파. 주로 삼십대 초중반의 회사원들이 많다. 담배를 끊지는 못하겠으니 새로 출시된 0.1이나 0.5의 저타르 담배를 피우면서 스스로 위로해보려는 부류이다.

마지막으로 다분히 마초 느낌을 풍기는 고타르파. 말보로 레드나 던힐 라이트 같은 주로 빨간색의 담배를 산다. 이 부류는 딱히 흡연을 망설이지 않으며 본인들의 심신에 대해 그다지 죄책감을 느끼지도 않는다.

나머지는 던힐 프로스트를 피우는 여자들, 한라산과 도라지 따위를 피우는 노인들 정도다. 내가 생각하기에 가장 난해한 담배는 디스다. 디스는 그렇게 많이 팔리는 편은 아니지만 노숙자 아저씨부터 고위급 간부로 보이는 남자, 복학생부터 공사판 아저씨까지, 구입하는 연령대와 직업군이 무척이나 다양하다.

이렇게 회사가 밀집해 있는 강남대로 한복판의 편의점에서 일하다보면, 마치 편의점 점원이 아니라 담뱃가게 아가씨가 된 듯한 착각에 빠질 때가 있다. 하지만 그중에서도 인상 깊은 케이스가 몇번 있었다.

한번은 짧은 커트머리의 여자 하나가 씩씩한 걸음걸이로 가게에 들어왔다. 겨울과 봄의 경계 즈음의 어느날이었는데, 양쪽 뺨이 추위 때문인지 빨갛게 상기되어 있었다. 직접 짠 듯한 꽃분홍색 목도리는 세 번 정도 두르고도 바닥에 끌릴 듯했으며, 어머니가 처녀시절 입었을 법한 몹시 각진 어깨의 골지 정장재킷을 걸치고 있었다.

아래에는 역시 할머니들이 좋아하는 스타일의 꽃무늬가 요란한 담요 같은 치마를 두르고, 결코 레깅스로는 보이지 않는 자줏빛의 내복을 입었으며, 누렇게 변한 낡은 운동화를 신고 있었다.

의도적으로 빈티지를 추구했다고는 도무지 볼 수 없는, 마치 심심해서 타임머신을 타고 잠깐 미래에 와봤는데 달리 갈 데도 없고 하니 담배나 한 대 피워야겠다, 하는 표정이었다.

그녀는 '장미'를 달라고 했다. 나도 다른 걸 생각할 수 없었다.

꽤 예쁘장한 얼굴의 젊은 여자 회사원도 있었다.

그녀는 늘 하늘하늘한 원피스에 구불구불 웨이브 펌의 긴 머리를 허리까지 늘어뜨린 채, 아무 말 없이 새침한 표정으로 주로 물티슈나 에비앙, 칼로리밸런스 따위를 사가곤 했다. 그러다 이따금 의외의 터프한 목소리로 말보로 멘솔을 달라고 할 때가 있었는데, 어느날은 그녀가 담배를 사는 중에 웬 중년남자가 들어오더니 아는 체를 했다. 그러자 이미 다 보였을 텐데도 지나치게 당황하면서, 손에 있던 말보로 담뱃갑을 카운터 안으로 냅다 던지는 거였다. 나는

그날 초록색 말보로 멘솔 담뱃갑이 만들어내던 아름다운 스핀을
아직도 잊지 못한다.

　세상에는 담배의 종류만큼이나 다양한 종류의 인간들이 살고 있
는 거라고, 담배를 한 갑 한 갑 팔 때마다 생각했다. 그리고 이렇게
다양한 인간들이 저마다 자신만의 악기를 가지고 동시에 자신의
음을 연주한다면 어떤 소리가 날까 상상했다.
　하지만 나로서는 그것을 음악이라고 부르기는 어려울 것 같다.
내가 아는 합주란 일종의 합의를 전제로 하는 것이다. 거기에는 눈
빛의 교환이 있고, 무언의 소통이 있고, 음악적 견해의 일치가 있
다. 그것들을 배제한다면 어떤 악기들로도 하나의 음악을 연주해
낼 수는 없다.

그들 각자의 고양이

　"비 오는 날은 담배 맛이 정말 좋다."
　사장님은 그렇게 말하며 담배 한 개비를 공들여 피우고는 다시
자신의 장롱 속으로 쏙 들어가버렸다. 어제에 이어 오늘도 비가 내
렸다. 제법 세찬 비였다. 아침에 집을 나서기 전부터 쏟아지고 있
었다.
　비 오는 날엔 아무래도 손님이 적었다. 이른 아침부터 비가 내리

면 당연히 우산도 팔리지 않고, 컵라면만 평소보다 조금 더 많이 팔
릴 뿐이다. 그래도 넋을 놓고 창밖을 구경하다보면 시간은 제법 빠
르게 지나갔다.

땅으로 스며들지 못하고 아스팔트 바닥에 고인 빗물 위로 새로
운 빗방울들이 계속해서 같은 무늬를 그리며 떨어진다. 헬스장 홍
보 플래카드가 비에 젖은 채 가로수 사이에 축 처져 있다. 매미들이
빗소리와 경쟁하듯 가열차게 운다.

담배의 종류만큼이나 다양한 종류의 사람들이 다양한 우산을 쓴
채로 바쁘게 지나간다. 그들 중 몇몇은 이 편의점으로 들어올 것이
다. 나는 일종의 감으로 그것을 알 수 있다.

이윽고 H의 화려한 우산이 나타났다. 클림트의 「키스」가 그려
진 노란 우산이다. 나도 그 그림을 좋아하지만, 나로서는 좀처럼 그
것을 우산으로 들고 다니기는 어려울 것 같다. 그런 점에서도 나는
그녀를 존경한다.

오늘 그 우산은 그녀의 남자친구로 보이는 사람이 들고 있었다.
킬힐을 신은 그녀보다도 확실히 머리 하나는 더 컸고, 어딘지 모르
게 이공계의 냄새를 풍겼다. 눈매가 야무지고 성실해 보이는 인상
이었다. 멀쑥하게 차려입은 은회색 양복의 오른쪽 어깨가 여지없
이 젖어 있었다. 한쪽 어깨가 젖어 있는 것은 다정하다,고 나는 생
각한다.

H가 뭐라고 이야기하자 그는 세상 근심 따위는 다 잊은 듯이 활

짝 웃었다. 그러고서 클림트의 노란 우산을 H에게 건네고는, 가방에서 조그만 버버리 체크의 삼단우산을 꺼내어 펼쳤다. H가 손을 흔들자 그는 들어가라는 손짓을 했다. 딸랑, 하고 H가 가게문을 밀고 들어왔다.

"왔어요?"

"응."

그녀는 자못 즐거운 듯 대답하고는 유니폼을 입으러 창고 안으로 들어갔다. 그 남자는 왔던 방향으로 되돌아가며 몇번씩 가게 안을 들여다보았다. 그러다가 나와 눈이 마주치자 아주 적절하게 한 듯 안한 듯한 눈인사를 했다. 젖어 있는 오른쪽 어깨. 나는 약간 우중충한 기분이 되었다.

H의 수다를 들어줄 기분이 아니어서, 나는 얼른 인수인계를 마치고 편의점을 나섰다. 검은색 삼단우산. 내 우산은, 우산꽂이에 우산들을 전부 꽂아놓고 이중에 당신의 우산은 무엇일까요, 따위의 문제에는 좀처럼 정답을 맞히기 어려운, 극히 평범한 우산이다.

그 우산을 들고 빗속을 걷기 시작했다. 빗속에서 걸을 때는 이어폰을 꽂지 않는다. 후두둑 후두둑, 우산에 빗방울이 부딪치는 소리가 좋다. 예전에는 이 소리를 유심히 들은 적이 없었다. 언제나 양쪽 귀에 이어폰을 꽂고 다녔기 때문이다.

어느날 M과 함께 빗속을 걷다가 우리 사이에 잠시 침묵이 흘렀을 때, 이 소리가 그 침묵을 자연스럽게 메웠다. 우리는 우리도 모

르게 심장박동을 닮은 그 리듬에 가만히 귀를 기울였다. 그것은 아
이팟에서 흘러나오는 어떤 음악보다도 더 음악적이었다.

*

"저기요."
그때 누군가 나를 불렀다.

돌아보니, 어제처럼 물고기가 서 있었다. 일회용 우산을 들고서.
손목에는 내가 우산에 감아놓았던 것이 분명한 그 노란 고무줄을
감고 있었다. 그녀는 나를 보고 생긋, 웃었다. 역시 근사한 웃음이
었다.

쏟아지는 빗속에 서 있으니 그녀는 어제보다 조금 더 물고기처
럼 보였다. 물론 얼굴 생김새가 구체적으로 물고기와 닮았다는 것
이 아니었다. 그저 느낌이었다.
개나 고양이의 눈을 들여다보고 있으면, 확실히 무언가가 소통
된다는 느낌을 받는다. 그러나 물고기나 새에 대해서는 그렇지 않
다. 나는 물고기나 새를 좋아하지 않는데, 그것은 그들이 무슨 생각
을 하고 있는지 도무지 알 수 없어서 무섭기 때문이다. 물론 굳이
알 필요는 없긴 하지만.

나는 그 눈빛만으로는 그녀가 무슨 생각을 하는지 전혀 알 수 없음에도 불구하고, 묘하게 그녀가 좋았다. 내가 무작정 느낀 그 호감은, 이전에 만난 다른 물고기들에 대해서는 단 한번도 느껴보지 못한 감정이었으므로 나는 약간 두려울 정도였다.

내가 매혹된 것은 무엇보다도 싱싱하게 살아 꿈틀대는 듯한 그녀의 생동감이었다. 그녀의 표정, 그녀의 동작, 그녀 일부의 조그마한 움직임마저도 마치 물고기가 헤엄칠 때 그 비늘들이 다양한 빛깔로 반짝이는 것과 같은 신비로운 느낌을 주었다.

우리는 각자의 우산을 들고 지하철역 입구까지 걸었다. 이로써 '아는 사람'이 되었군, 나는 속으로 생각했다. 이틀 전만 해도 우리는 같은 시간에 출근하고 같은 시간에 퇴근하면서도 서로를 알지 못했다.

어쩌면 전에도 지금처럼 나란히 걸은 적이 있었는지도 모른다. 그러나 나는 그녀를 몰랐다. 그것은 그녀도 마찬가지였다. 누군가에게 '아는 사람'이 되는 것이 내게는 퍽 어려운 일이었는데, 어째서인지 이번에는 좀 즐거웠다.

그녀가 뭐라고 말했지만 빗소리 때문에 잘 들리지 않았다.
"네?"
내가 되물었다. 조금 더 집중해서 들어야 했다.
"그분이, 나에 대해서 뭐라고 얘기하던가요?"

“그냥…… 까페에서 일하는 분이 매일 오신다구.”

그녀는 다음 말을 기다리듯이 나를 쳐다보았다.

“말보로 라이트를 피우신다구요.”

그녀는 풋, 하고 웃었다.

“그래요?”

“네.”

“……담배 피워요?”

“아뇨.”

“그분은?”

“피워요.”

“어떤 거?”

“디스 플러스.”

음, 고개를 끄덕이더니 그녀는 또 한번 소리내어 웃었다. 내가
왜 웃느냐고 물었더니 디스 플러스가 그와 잘 어울리는 것 같아서
라고 했다.

“그쪽은 왜 말보로 라이트예요?”

내가 묻자 그녀는

“담뱃갑이 예뻐서요.”

라고 말했다. 명쾌한 대답이었다.

“어렸을 때부터 계획 세우는 걸 좋아했어요. 담배는 스무살 생
일 때부터 피우기로 했었죠. 그러던 어느날 어떤 영화를 봤는데, 비
쩍 마르고 소년 같은 그 여자주인공이 피던 담배가 말보로 라이트

였어요. 홀딱 반했거든요. 물론 나는 비쩍 마르지 않았지만. 다이어트 계획부터 세웠어야 했나봐요."

그녀는 후후, 웃었다. 그녀를 따라서 주변 풍경이 모두 웃는 듯한 느낌이 들었다. 물론 나도 웃었다.

"또 어떤 계획을 세워요?"

"뭐, 사소하게는 이번달에 읽을 책의 리스트를 짜기도 하고. 스페인어 공부 계획 같은 거? 근데 요즘엔 더 거대한 게 있어요."

"그게 뭐예요?"

그녀는 짧게 심호흡을 하고 대답했다.

"세계일주."

우리는 잠시 침묵했다.

"근사한데요."

"어제 아침에도, 세계일주 여행기를 정신없이 읽다가 그만 내릴 역을 놓쳐버린 거예요."

그녀는 그렇게 말하며 약간 뿌듯한 듯한 표정을 지었다.

"언제 떠나는데요?"

"……때가 되면."

그녀는 노래하듯 말했다. J와 똑같은 대답이었다.

역 안에 들어서자 우리는 우산을 접었다. 나는 가방에서 아이팟을 꺼내 꼬인 이어폰 줄을 풀었다. 그런 나를 물끄러미 바라보더니 그녀가 물었다.

"음악 좋아해요?"

"네."

나는 간단히 대답했다.

우리는 반대 방향 개찰구로 헤어졌다. 잠시 후 그녀가 반대편 플랫폼에 나타나 웃으며 손을 흔들었다. 나도 가볍게 손을 들었다 내렸다.

오늘까지의 그녀는 근사하게 웃고, 게다가 자주 웃으며, 하고 싶은 게 많고, 궁금한 것도 많은 사람이었다. 그건 평소에 내가 그다지 좋아하는 타입은 아니었다.

*

한편

"음악 좋아해요?"

라고 만난 지 얼마 되지 않은 언젠가 내가 물었을 때, M은 시큰둥하게 되물었다.

"음악 싫어하는 사람도 있나?"

당황했지만, 가만히 생각해보니 맞는 말이었다. 나는 언제나 그에게 쉽게 동의할 수 있었다. 그리고 다시 어떤 음악을 좋아하느냐고 물었을 때, 그는

"그냥 음악."

이라고 대답했다.

그는 모든 게 그랬다. 마치 뺨 위에 갑자기 툭 떨어져도 전혀 선뜩한 느낌이 들지 않는 한여름의 미지근한 비처럼. 그는 무엇에도 뜨겁거나 차갑지 않았다. 특별히 좋아하는 것도, 싫어하는 것도 없었다. 그는 나를 그다지 필요로 하지는 않았으나 그렇다고 불필요하다고 느끼지도 않았던 것 같다.

하지만 나는 그가 좀 필요했다.

*

그날 순대국밥집을 나섰을 때도 여전히 비가 내리고 있었다. 그는 망설임없이 빗속으로 걸어들어갔다. 내가 머뭇거리자 그는 내 팔을 잡아끌며 말했다.

"시원해."

우리는 엷은 비를 맞으며 역까지 천천히 걸었다. 속눈썹에 작은 빗방울들이 맺혀 시야를 흐렸다.

"……어디 갔었어?"

"응?"

"나만 두고 어디 갔었냐고."

내가 다그치자 그는 주머니에서 담뱃갑과 라이터를 꺼내 담배 하나를 입에 물고 불을 붙였다. 담배 몇모금의 침묵이 이어진 뒤 그가 천천히 입을 열었다.

"그냥 좀. 겁에 질려 있던 시기였어."

"선배도 뭐가 겁이 나긴 하는 사람이야?"

"……당연하지. 넌 도대체 날 어떻게 생각하는 거야."

그는 어이없다는 듯 말했다.

"뭐가 겁났는데?"

내가 묻자 그는 조용히 대답했다.

"너무 빨리 뭔가가 되어버릴까봐."

"지금은 괜찮아?"

"응, 뭔가가 되기로 마음먹었으니까."

"뭐가 될 건데?"

"그건 아직 몰라."

"회사원?"

"아마도."

우리는 웃었다. 오랜만에 맡는 그의 담배냄새가 좋았다. 담배 한 개비를 마저 다 태우고 그가 손목시계를 들여다보았다. 그리고 아무 말 없이 왼팔을 내밀어 내게도 시간을 보여주었다.

"가자. 데려다줄게."

"됐어, 그냥 혼자 갈래."

"왜 이렇게 겁이 없어, 너야말로."

그는 오른손으로 내 머리를 꾹 누르며 말했다.

"……그리고 또 뭐가 무서워?"

내가 물었다.

“나?”

“응.”

그는 잠시 망설이더니 대답했다.

“귀신 나오는 공포 영화.”

나는 훗, 하고 웃었다.

“또?”

“비둘기.”

“또?”

그는 내 머리에 그대로 손을 얹은 채 말했다.

“……너.”

“나?”

“응.”

나는 결국 그를 돌려보냈다. 내가 고집을 부리자 그도 더이상 다그치지 않고 쿨하게 돌아섰다. 그리고 그 뒷모습은, 무척이나 생소했다. 저기요, 하고 어깨를 두드리면 처음 보는 얼굴이 돌아볼 것 같은 느낌마저 들었다.

예전에는, 언제나 내가 먼저 돌아섰었다는 걸 깨달았다. 그래서 단 한번도, 구체적으로 그의 뒷모습을 바라본 일이 없었다. 그것은 전혀 모르는 사람의 뒷모습 같았다.

*

역을 나서서, 육교를 건너, 늘 가는 편의점에 들러 맥주 한 캔과 자갈치 한 봉지를 샀다. 젊은 남자점원은 지나치게 친절해서 좀 부담스러웠다. 하지만 그가 '감사합니다, 또 오세요'라고 말하면 결국 나도 모르게 다음날 또 가게 되었다.

맥주와 자갈치가 든 흰 비닐봉지를 흔들흔들 흔들며, 이어폰에서 흘러나오는 멜로디를 흥얼흥얼 따라하며 걸었다. 약간 언덕진 골목길의 끝에는 언제나처럼 남산타워가 우뚝 서 있었다.

나는 그것이 아름답다기보다는 왠지 지루하다고 느꼈다. 그리고 지금 이 시각 남산타워를 바라보며 각자의 골목을 걷고 있을 반경 일 킬로미터 이내의 생명체들에게 무한한 동정심을 느꼈다.

그때 잿빛 얼룩고양이 한 마리가 어슬렁거리며 내 앞을 지나갔다. 나 같은 건 안중에도 없는 듯 했다. 녀석은 자동차들이 제법 속력을 내며 달리는 도로를 겁없이 느릿느릿 가로질러 건넜다.

집으로 돌아갈 때마다 거의 매일 길고양이를 한두 마리씩 만나곤 하지만, 그 녀석이 전에 만난 녀석인지 아닌지는 도무지 알 길이 없었다. 나는 생각했다. 어떤 고양이가 내게 '아는 고양이'가 되기란 얼마나 어려운지. 녀석이 나를 단 한번이라도 흘깃 바라보는 일이, 우리가 단 한번 마주쳐 지나가는 일이.

다시 만나기란, 얼마나 어려운지.

　정말이지 첫번째와 두번째 남자친구는 헤어진 뒤로 단 한번도, 우연히라도 다시 보지 못했다. 삶의 영역이 다른 탓이라기보다는 내 삶의 영역이, 다른 이의 삶의 영역과 교집합을 형성할 만큼의 충분한 넓이를 갖지 못했기 때문일 것이다.

　두번째로 사귄 남자친구는 수능이 끝나고 잠시 일한 레스또랑의 일식담당 요리사였다. 늘 레스또랑 한가운데의 스시 트레인에서 익숙한 몸짓으로 초밥을 만들었다.
　만화 「미스터 초밥왕」에 나오는 최상의 밥알 개수 350개를 한번에 쥐어서 뭉칠 수 있을 것만 같은 굉장한 손놀림이었다. 기계적인 느낌이라기보다는, 일종의 장인정신이 느껴졌다. 나는 써빙을 하다 말고 종종 넋을 놓고 그 모습을 바라보곤 했다. 그러다 눈이 마주치면 그는 찡긋, 윙크했다.

　그는 나를 위해 그 비싼 초밥을 매일매일 만들어주었다. 그래서 그가 좋았던 것은 아니고, 내가 가장 좋아한 것은 바로 그가 운전할 때 팔꿈치로 핸들을 잡고 담배에 불을 붙이는 모습이었다.
　하루일과가 끝나고 차로 나를 집앞까지 데려다줄 때, 신호등 없이 달릴 수 있었던 그 사차선도로의 중간에서 그는 늘 담배 한 개비를 입에 물었다. 나는 그가 쎅시하게 담뱃불을 붙이는 모습을 곁눈

질로 구경하곤 했다.

하지만 어느날 문득 나는 내가 그를, 그가 내게 만들어주는 연어초밥 이상으로 좋아하지는 않고 있다는 것을 깨달았다. 그리고 그와 헤어지고 나서 약간의 시간이 흐른 뒤에도 역시, 내가 그 신선한 연어초밥을 그리워하는 것 이상으로 그를 그리워하지는 않고 있다는 데에 다시 한번 놀랐다.

그렇게 별다른 타격 없이 두번째 연애가 끝났다.
스무살의 봄이었다.

*

계단을 오르는데 주머니 속에서 휴대폰이 진동했다.
M이었다. 나는 약간 가쁜 호흡으로 전화를 받았다.
"응."
"뭐야, 뛰었어?"
"아냐, 계단 때문에. 운동부족."
나는 호흡을 가다듬었다.
"……잘 들어갔나 하고."
"그럼 뭐. 선배는?"
"나도. 잠깐 전화하러 나왔어."

그는 여전히 그 허름한 고시원에서 살고 있다고 했다.

"방에서 하면 안돼?"

"옆방에 다 들려. 옆방 사람 손톱 깎는 소리까지 들린다니까."

"헤에."

"어, 물론 발톱 깎는 소릴 수도 있어."

그의 표정이 상상되었다.

"왜 그런 데서 살아?"

내가 진심으로 물었다. 그러나 그는 무심하게 대답했다.

"그냥. 살다보니까 익숙해져서."

전화를 끊고, 나는 생각했다. 그가 정말로 겁이 났던 것은 앞으로 익숙해져야 할 새로운 것들이 아니라, 익숙해져 있는 모든 것들과 헤어지는 일이었는지도 모른다고. 그는 어쩌면 무언가가 되는 것에 겁이 났던 게 아니라, 무언가가 되고 싶지 않아했던 자신과 헤어지는 것에 겁이 났던 것이다. 왠지 알 것 같았다.

그러나 나는 그에게, 익숙해지고 싶지 않다.

밤하늘을 올려다보았다. 오늘의 달은 초승달이었다. 나는 문득 뺨에 닿는 가벼운 질량의 빗방울들을 느꼈다. 거기에는 희미한 달빛이 섞여 있었다.

나는 휴대폰을 꺼내 찰칵, 초승달의 사진을 찍었다. 그리고 '오

늘의 달'이라고 제목을 붙여 저장했다. 그리고 컬러메일로 M에게
그것을 보냈다.

그는 내가 무섭다지만, 사실 나는 그가 무섭다. 그는 내게, 내일
이면 모양을 바꿀 저 '오늘의 달'과, 이 밤을 지나면 그쳐 있을 이
엷은 비, 공기중으로 흩어지는 담배냄새와 나를 스쳐지나가는 골
목길의 모든 고양이를 의미했다.

그때, 한 개의 문자가 도착했다.
잘 자.

이상한 나라의 물고기

장마는 예고도 없이 시작되었다. 하루가 멀다 하고 비가 쏟아
졌다.

사장님은 자신의 원칙에 따라 수많은 담배를 피웠고, 편의점에
는 거의 하루종일 컵라면 냄새가 진동했다. H의 남자친구는 여전
히 가끔 그녀를 데려다주었으며 그녀의 우산은 종종 더 감당하기
어려운 디자인으로 바뀌었다.

J는 내게 딱 한 번 더 물고기 이야기를 했다. 어느날 그녀가 먼저
말을 걸어왔더라는 거였다. 들어보니 그저 아주 기초적인 아침인

사에 불과했지만 그래도 그는 상당히 기뻐했다. M과는, 전화통화
만 몇번 했다.

내가 속한 사회의 규모는 딱 이 정도였다.

그리고, 퇴근시간이 되면 어김없이 딸랑, 소리와 함께 물고기가
나타났다. 그녀는 이제 H와도 안면을 텄다. 물고기가 나타나면 H
는 자연스럽게 하던 이야기를 멈추고 나를 보낼 준비를 했다. 나 또
한 물고기의 등장을 일종의 알람처럼 여기게 되었다.

내가 유니폼을 갈아입는 동안, 그녀는 늘 매장을 한 바퀴 돌면서
새로운 상품이나 신기한 물건을 하나씩 찾아내곤 했다. 나로서는
단 한번도 궁금해하지 않았던 케로로 중사 인형이 실은 비눗방울
장난감이었다는 사실도 알게 되었다.

어느날 그녀는 그것을 발견하고서 폴짝폴짝 뛰며 기뻐하더니,
두 개를 사서 하나를 내 목에 걸어주었다. 그것은 심지어 목걸이형
이기까지 했던 것이다.

그날 퇴근하는 길에, 우리는 수십개의 비눗방울을 공기중에 띄
워보내며 걸었다. 햇빛이 반짝반짝해서 아름다웠다. 사람들이 우
리를 힐끔거렸고, 우리는 내내 비눗방울처럼 웃었다.

물고기를 알게 된 뒤로 시간은 마치 1.5배속 버튼을 누른 것처럼
속도감있게 흘러갔다. 확실히 예전보다 빠르긴 하지만, 정신을 차

릴 수 없을 정도로 빠르지는 않은, 딱 그 정도였다.

내 일상이 이전에는 영원히 끝나지 않을 것만 같은 일일 아침연속극 같은 느낌이었다면, 요즘에는 일일 씨트콤처럼 느껴졌다. 그것은 미묘한 차이였지만, 분명했다. 이쯤 해서 큰 소리로 웃어야 할 것만 같은 타이밍들이 줄곧 있었다.

*

그녀는 나보다 두 살이 더 많았다. 하지만 우리는 언제부턴가 자연스럽게 서로를 너,라고 부르게 되었다. 그녀는 오전에는 까페에서 일하고, 밤에는 집 근처 피씨방에서 일했다.

어느 쨍, 하고 맑은 날 우리는 강남역 근처의 작은 공원 벤치에 앉아 있었다. 요사이 어쩌다 햇빛이 좋은 날이면 종종 함께 가던 공원이었다. 그녀는 이 틈을 타 충분한 광합성을 해야 한다며, 직사광선이 내리쬐는 벤치에 한 마리 고양이처럼 널려 있곤 했다.

"근데 왜 우리는 최저임금의 경계에서만 일하고 있을까?"

내가 푸념하듯 물었더니 그녀가 담담하게 대답했다.

"왜냐하면, 그게 제일 마음 편하니까. 사천원이나 사천오백원이나 결국엔 마찬가지야. 최저임금이 올랐다는 게 무슨 뜻인지 알아?"

나는 고개를 저었다.

"그건 바로 물가가 올랐다는 거지. 그리고 네가 좀더 나이를 먹었다는 거고. 봐봐, 다른 일 해서 한 시간에 오백원 더 벌면 뭐 많이 모으게 될 것 같지? 근데 너한테 오백원이 더 있으면, 너는 그 오백원만큼 돈 쓸 일이 더 생기는 거야. 한마디로 피곤한 거지."

모든 것을 달관한 사람처럼 물고기는 말했다.

"하지만 너도 세계일주하려면 제법 돈이 필요하잖아?"

"그래. 하지만 난 오백원짜리 왕꿈틀이가 먹고 싶으면 언제든지 사먹을 거야. 나는 악착같이는 못 살아, 절대. 그냥 적당히 이 정도면 됐다 싶을 때 떠나는 거지, 반드시 얼마를 모아야만 떠나는 건 아냐."

*

그밖에 그녀에 대해서 더 알게 된 것은 이렇다:

그녀는 무엇이든지 쉽게 잃어버릴 뿐만 아니라, 잘 떨어뜨리고 잘 망가뜨린다. 담배를 꺼내다가 놓치는 것도 흔한 일이지만, 그때마다 떨어진 담배를 아무렇지도 않게 다시 입에 무는 것도 신기했다. 담배에 불을 붙이다가 라이터가 튕겨 날아가는 때도 많다. 어제 본 라이터를 오늘 다시 보기는 어려웠다.

함께 있을 때 휴대폰을 떨어뜨리는 것은 이틀에 한 번꼴로 보았다. 그때마다 아이쿠, 하고 안타까운 소리를 내지만 사실 표정은 즐겁다. 그럴 때 그녀는 뭔가 쾌감 같은 것을 가지고 있다. 물론 일부러 그리는 것은 아니다.

그녀는 그런 의미에서 몸에 흉터가 생기는 것도 좋아한다. 그녀의 왼쪽 무릎에는 다리미에 덴 흉터가 있다. 어느날 다림질을 하다가 다른 생각에 빠져서 무릎까지 쫙 다려버렸다고 한다. 오른손바닥 한가운데에는 어릴 적 연필에 찔린 자국이 있는데, 그녀는 가끔 그것을 자랑스럽게 보여주곤 했다. 내 흑심이라며.

예의 그 투명한 일회용 우산을 너무도 좋아해서, 담뱃불이 튀어 조그만 구멍이 났는데도 그냥 들고 다녔다. 내가 감아준 그 노란 고무줄로 짧은 머리를 질끈 묶고 나타나기도 하고, 때로는 그것으로 쌍별 모양을 만들어 보이며 자랑하기도 했다.

길을 가다 고양이가 나타나면 눈을 떼지 못한다. 어느날은 눈에 띄는 아무 슈퍼에나 뛰어들어가 천하장사 쏘시지를 손가락 사이에 잔뜩 끼우고 나와서는, 절대 먼저 다가가지 않고 멀찍이 쪼그리고 앉아 쏘시지를 내밀기도 했다. 그러면 고양이들은 조용히 다가와서, 그녀의 다리를 감으며 빙빙 돌곤 했다.

그녀는 또 아무데나 털썩 잘 앉았다. 하지만 그녀가 앉으면 그 어떤 장소도 제집 안방처럼 편안해 보였다. 깔고 앉으라고 내가 근처에서 벼룩시장 따위를 구해다주면 그녀는 그저 '무료로 드립니다'란을 뒤적이면서 낡은 피아노나 80년대 판 문학전집쎄트 따위를 탐내곤 했다.

뭔가를 먹기 전에는 항상 배가 너무 고프다며, 이것저것 잔뜩 주문하고 기필코 다 먹어버리겠다고 하지만 항상 다 먹지 못했다. 그녀가 얘기할 때 딴짓을 하거나 딴생각을 하면 몹시 화를 내지만, 내가 얘기할 때는 항상 다른 생각을 하는 듯 보인다.

나는 그녀와 아주 닮은 인물을 기억해냈다.
조르바.

그랬다. 그녀는 마치 조르바 같았다. 하지만 그녀는 조르바처럼 하늘로 솟아오를 듯이 펄쩍펄쩍 춤을 추기보다, 그저 사소한 모든 감동들을 조용히 마음속에 간직하는 타입이었다.

그리고 때때로 그것을 꺼내어 곁에 있는 사람의 손에 살며시 쥐여주곤 하는 것이다. 그것이 손안에서 파르르 떨면, 그 사람은 살아 있다는 게 어떤 건지 조금은 느끼게 되는 것이다.

그리고 그녀는 조르바처럼 이 지구별에 온몸으로 붙어 있는 게 아니라, 꿈을 꾸는 것처럼 늘 바닥에서 10쎈티쯤 둥둥 떠 있었다. 그녀는 자주, 살면서 한번쯤은 꼭 해보고 싶은 일들에 대해서 이야기했다.

머릿속은 항상 그런 것들로 가득 차 있는 듯이 보였다. 대금을 배워서 길거리에서 연주를 한다거나, 스쿠터를 타고 전국일주를 한다거나, 터키에 가서 밸리댄스를 배운다거나, 하는.

하지만 이제껏 살아오면서 겪은 일들에 대해서는 딱히 입을 열지 않았다. 그녀는 마치 무언가에 쫓기는 사람처럼 '그 언젠가'를 향해 둥둥 떠서 날아가고 있었다. 그녀를 움직이는 것은 그녀와 내가 알지 못하는 어느 먼 곳의 시간이었다.

그녀에게 지금 이 순간은 그저 그 언젠가로 통하는 연결지점 같은 것에 불과했다. 꿈꾸던 미래가 현재가 되고 나면 더이상 그것은 꿈이 아니듯이. 반딧불이를 손안에 잡아두면 금방 그 빛이 희미해져버리듯이.

그러나 내가 보기에 그녀는 모든 순간에 항상 나보다 훨씬 더 생생하게 살아 있는 사람이었다. 그러나 정작 그녀는 그것을 모르고 있었다.

"가끔 무지 답답할 때가 있어."

"뭐가?"

어느날, 일이 끝나고 돌아가는 길에 그녀가 깊은 한숨을 쉬며 말했다.

"다들, 날 안다고 말해. 나를 너무나도 잘 알아서, 내가 어떻게 살면 불행할지 너무나도 잘 알기 때문에, 날 너무 아끼기 때문이라고 말해. 너도 알겠지, 그런 상황."

나는 어렴풋하게 고개를 끄덕였다. 사실 잘 알 수 없었다, 그런 상황.

"세상엔 참 어쩔 수 없는 일들이 많아. 내 힘으로는 몇억분의 일도 감당할 수 없는 일들. 내 앞에 커다란 매머드 한 마리가 있는데, 내게 있는 거라곤 달랑 돌도끼 하나뿐이고, 주위엔 아무도 없는 것 같은 기분이야. 어떻게 생각해?"

"글쎄, 뭔지 잘 모르겠는데."

그녀는 흠, 하고 입을 삐죽이 내밀더니 말했다.

"너는 사는 게 쉬워?"

"뭐, 그다지 어렵진 않아. 난 늘 가만히 앉아 있는 편이라서. 매일매일, 거의 아무데로도 가지 않는걸. 뭐든 그럭저럭 해낼 수는 있다고 생각해. 다 내 행동반경 안의 일들이니까. 난 너에 비하면 거의 무생물인 거지."

"……나는 그게 겁이 나."

그녀가 잠시 머뭇거리다가 말을 이었다.

"사는 게 어렵지 않을까봐. 사는 게 쉬워질까봐. 그게 겁나…… 식물처럼 아무데도 가지 못할까봐. 너는 정말 괜찮단 말야?"

"깊게 생각해보지 않았어."

하지만 사실은 그랬다.

깊게 생각해보지 않아도, 나는 이미 한곳에 너무 오래 머물러 있었다. 나도 그것을 알고 있다. 어쩌면 식물도 가끔은 이곳이 아닌 저곳에 있고 싶을지 모른다. 하지만 식물은 자신이 뿌리내린 땅을 결코 의심하지 못한다. 그게 바로 식물과 동물의 차이점이다. 나는 괜찮지 않은지도 모른다.

"넌 모르고 있는 거야, 지금. 네가 가만히 앉아 있어도, 언젠가는 매머드가 찾아올걸. 매머드는 걸어다니니까. 기대해도 좋아."

그녀는 그렇게 말했다. 하지만 매머드가 나를 찾아온다 해도 바닥에 찰싹 달라붙은, 아무런 의지도 없는 나 같은 식물에게 아주 사소한 관심이라도 가져줄지 의심스러웠다. 그녀는 계속해서 이야기했다.

"난, 매머드가 나타나지 않으면 내가 직접 죽어라 찾아다녀. 그리고 가까스로 메머드를 찾아내서 돌도끼를 들고 덤벼들면,"

그녀는 마치 손에 돌도끼라도 들고 있는 듯 포즈를 취하며 말했다.

"그 녀석은 그냥 나를 밟고 지나가는 거야. 사람들이 개미를 밟은 것도 모르고 그냥 지나가버리듯이. 근데 나는 만화에서처럼 커다란 발자국 한가운데 납작하게 눌려 있다가는, 놀랍게도 조금 뒤에는 다시 통통해져서 벌떡 일어나. 그리고 또다른 매머드를 찾아가지."

"그래서?"

"그래서라니, 그저 그뿐이야."

"근데 어째서 그렇게 힘들게 찾아다녀야 해?"

"……안 그러면 정말로 죽을 거 같으니까."

그녀는 곧 질식할 것 같은 표정을 지었다.

"밟혀서 죽더라도 나는 매머드가 필요해. 지루하게 죽는 것보단 그 편이 나으니까. 근데 아무도 그걸 이해 못해."

"다른 사람의 이해가 중요해? 너한테도?"

"가끔은."

"………"

"가끔은 중요해. 안 그러면 너무 쓸쓸하니까."

나는 그런 그녀를 이해하기 어려웠다. 그녀를 이해하지 못하는 다른 이들과 마찬가지로. 하지만 나는 알 수 있었다. 정말로 그녀를 이해해주는 누군가가 나타난다면, 그녀는 무너지고 말 것이다.

헤어져 돌아오는 전철 안에서 나는 읽던 책을 펼쳐들었다.

니나는 유목민 같은 데가 있었다. 그애의 생활은 감정적이었다. 니나는 천막을 치고 어디선가 한동안 산다. 그러다가 거침없이 천막을 걷고 다시 떠나간다. 그애의 얼굴에는 자유에 대한 야생적인 행복감과 고향 없는 인간의 슬픔, 그 두 가지가 다 깃들어 있었다.

*

신나게 쏟아지던 빗줄기는 오후가 지나서야 그쳤다. 나는 출처를 알 수 없는 피로감에, 물먹은 솜처럼 축 늘어져 있었다. 물고기는 그런 나를 재밌어했지만 그대로 조용히 내버려두었다.

그녀와 헤어지고 나서, 나는 축축하게 가라앉은 몸을 질질 끌고 겨우 집에 도착했다. 나는 옷도 갈아입지 않고, 이어폰도 빼지 않은 채로 침대에 누워서 그대로 잠들었다.

전신마취를 한 것 같은 아주 깊은 잠이었다. 문득 눈을 떴을 때, 이어폰에서는 여전히 데미언 라이스가 절규하듯 노래하고 있었다. 아마도 그래서 잠을 깬 듯했다. 나는 아이팟의 전원을 껐다.

순간, 마치 시간의 전원도 함께 나가버린 것처럼 숨막히는 고요가 찾아왔다. 그리고 물에 잉크가 퍼지듯, 창밖으로부터 가로등 불빛이 은은하게 흘러들어왔다. 나는 잠시 그대로 누워 있었다. 나를 포함한 모든 것이 동시에 잠들었는데 지금은 나 혼자만 깨어 있는 것 같은, 그런 소외감을 느꼈다.

얼마쯤 지났을까. 가방에서 휴대폰 진동이 울리기 시작했다. 가방 안을 손으로 더듬어 휴대폰을 꺼냈다. M이었다. 단단히 막혀 있던 하수구를 뚫는 느낌으로, 겨우 목구멍에서 목소리를 끄집어냈다.

"네에……"

"뭐야, 잤어?"

"응."

"몇번이나 걸었어."

"진짜? 몰랐어. 미안."

전화를 안 받는다고 해서 몇번이나 다시 거는 사람이 아니다.

"무슨 일 있어?"

"응."

"뭔데, 왜 그러는데?"

"나 여기 와 있어."

"여기가 어디야?"

"너희 동네."

"에?"

나는 깜짝 놀랐다.

"잠깐 나와봐."

"어딘데?"

"육교 옆에 있는 편의점."

"……알았어, 잠깐만 기다려."

전화를 끊고 나는 끙, 하고 신음소리를 내며 몸을 일으켰다. 아까보다는 한결 가뿐했다. 전등의 스위치를 켜고, 문에 붙은 거울을 들여다보았다. 거울 속의 내 모습은, 잠에서 막 깨어났다기보다는 여전히 잠의 일부인 채로 보였다.

헝클어진 머리카락을 고쳐묶고, 화장실에 가서 찬물로 세수를 했다. 열쇠를 주머니에 넣고, 휴대폰과 지갑을 챙겨 집을 나섰다.

밤공기가 차가웠다. 가로등 불빛으로 가득 찬 골목길의 조그만 바와 식당마다 이국의 사람들로 북적거렸다. 순간 나는 마치 내가 다른 계절, 다른 나라에 와 있는 듯한 착각이 들었다.

이제 내가 나의 언어로 이야기하면, 아무도 알아듣지 못할 것이다. 그들은 고개를 갸우뚱하며 너의 말은 좀처럼 알아들을 수 없다고, 그들의 언어로 이야기할 것이다.

*

나는 까치발을 하고 유리 너머로 편의점 안을 들여다보았다. M은 나의 친절한 점원 청년에게서 담배를 사고 있었다. 그가 금방 계산을 마치고 뒤를 돌아보기에, 나는 깜짝 놀라 무릎을 굽혔다. 그리고 굽힌 김에 아주 쪼그려앉아버렸다.

곧 딸랑, 하는 소리와 함께 그가 문을 열고 나왔다. 그는 문 옆에 쪼그리고 앉은 나를 발견하더니, 마치 키우는 강아지에게 하듯 내 머리를 툭툭 두드렸다. 그러고는 옆에 털썩 앉았다. 그제야 눈높이가 맞았다. 지독한 소주냄새가 확 끼쳐왔다.

"어휴, 냄새."

그는 많이 취했는지 나를 보더니 씩 웃었다. 내가 이제껏 본 중에 가장 강도 높은 웃음이었다.

"취했네."

"안 취했어."

"취했는데?"

"응, 취했어."

그는 나를 빤히 쳐다보았다. 그리고 말했다.

"왜 취했게?"

"……취하고 싶어서?"

"맞았어."

그러고는 대견하다는 듯이 또 내 머리를 툭툭 두드렸다.

"……오늘, 오랜만에 중학교 동창 녀석을 만났거든."

거기까지 말하고 그는 알 수 없는 표정을 지었다.

"제법 친했던 놈인데, 졸업하고 한번도 못 보다가 학원에서 우연히 만났어. 바로 옆 반이었는데 몰랐던 거야."

"그래서?"

"그래서 그 녀석이랑 한잔했지. 근처 포장마차에서."

"근데 왜 취하고 싶었어? 옛날 생각 나서?"

M은 평소답지 않게 쾌활한 목소리로 이야기를 계속했다.

"뭐, 한참 옛날 얘기도 하고 친구들 얘기도 하고 신났었지. 몇명은 취직하고, 하나는 결혼하고, 또 하나는 벌써 애까지 있다는 거야. 참 기가 막혀서. 근데 그 녀석도 나처럼 취준생이었어. 아무튼 한참 떠들다가 갑자기 그 녀석이 내 어깨를 툭 치더니, 무척 유감이라는 듯한 표정을 지으면서 그러는 거야. 너는 뭔가 할 것 같은 놈이었는데,라고."

그는 어이가 없다는 듯이 말했다.

"……왜 과거형으로 말하는 거야, 그 자식은."

"………"

"뭔가 한다는 게 무슨 뜻인지 아니, 넌?"

"글쎄."

나는 어깨를 으쓱했다.

"뭔가 한다는 건, 남이 하는 만큼은 물론 하고, 남들보다 좀더 한다는 거지."

그는 무거운 목소리로 말했다.

"근데 나는 남들 하는 만큼 하기도 버거워. 나는 여태까지 내가 할 수 있는 것들만 하면서 살아왔고, 내가 할 수 있는 게 아닌 일에는 관심조차 없었어. 어릴 적부터 성적은 꽤 좋은 편이었고, 학급임원도 도맡아하고, 이런저런 대회에서 상도 꽤 여러번 탔지만, 나는 내가 할 수 있는 것들을 할 수 있는 만큼만 했어. 잘난 척이 아냐. 그 이상은 바라지도 않았어. 단 한번도, 그 이상을 원해본 적 없어."

그는 촛점없는 눈으로 허공을 들여다보았다.

"근데 도대체 그 녀석은 그때 나한테서 뭘 봤던 걸까? 그리고 지금 와선 왜 그게 보이지 않지? 난 그때나 지금이나 변한 게 없는데."

"……그냥 간단히 생각해. 선배가 변한 게 아니라 세상이 변한 거라고."

나는 거기까지 말하고 그만두었다. 당신이 세상을 원해야 세상도 당신을 원하는 거라고, 그도 이미 알고 있을 그 명확한 진리를 아무렇지 않은 표정을 지으며 이야기할 수는 없었다. 나는 자격이 없었다.

"가끔 그런 생각이 들어."

"어떤?"

"……얼마 전까지만 해도 난, 내가 어디에도 속해 있을 수 없다고 생각했어. 나는 아웃싸이더라고, 나름대로 자부심도 있었지. 근데 어느 순간 그 발상 자체가 너무나 우스워 보이는 거야. 단 한번 경계에서 벗어나보지도 못했으면서, 내가 어떻게. 난 그냥 그 경계선을 따라서, 평균대 위를 걷듯 위태롭게 걷고 있었던 거야. 가끔은 이쪽으로, 가끔은 저쪽으로 발이 빠지면서."

그가 앞서서 걸었다면, 나는 그 뒤를 따라서 걸었다. 나는 그의 걸음걸이를 보면서 내 걸음의 균형을 잡았다. 그가 흔들리면, 나도 흔들렸다. 어느 쪽으로도 쉽게 떨어질 수 있었지만, 그때마다 우리는 악착같이 매달려 있었다. 바깥쪽으로 떨어진다면, 바깥쪽에 속하게 된다. 나는 그런 생각을 견딜 수 없었다.

"지금은?"

내가 물었다.

"그 생각마저 우습다고 생각해."

"어째서?"

"그런 선 같은 건 애초부터 없었으니까."

"……그걸 어떻게 알아?"

"떨어져보면 알아."

그는 그렇게 말하고는 입을 다물었다.

인적은 드물었고 차들은 속력을 내며 지나갔다. 아직 젖어 있는 도로는 환한 가로등 불빛을 온몸으로 반사해내고 있었다. 우리는 잠시 아무 말 없이 그런 풍경을 바라보았다. 나는 자세를 고쳐 엉덩이를 바닥에 대고 앉았다.

M은 손에 들고 있던 레종 멘솔 담뱃갑의 비닐포장을 벗겼다. 그러고는 한 개비를 꺼내 입에 물었다. 그리고 장난치듯 담뱃갑을 내 앞으로 내밀었다. 나도 한 개비를 꺼내들었다. 그는 주머니에서 라이터를 꺼내 자기 담배에 불을 붙이더니, 내 담배에는 붙여주지 않고 다시 주머니에 집어넣었다. 그러고는 개구쟁이 같은 표정을 지었다.

그가 담배를 피우는 동안 나는 내 몫의 담배를 만지작거리고 있었다. 검지와 중지 사이에 끼워보기도 하고, 입에 물어보기도 했다. M은 곧 담배 한 개비를 다 태우고, 그것을 바닥에 비벼껐다. 이제 술냄새 대신 담배냄새가 홍건했다.

이윽고 그는 주머니에서 라이터를 다시 꺼내더니, 갑자기 다른 한 손으로 내 손을 잡았다. 그러고는 잡은 손을 자기 입술 쪽으로 끌어당겨 내 손가락 사이에 끼워진 담배를 입에 물고 불을 붙였다. 그러고 나서야 그는 내 손을 놓아주었다.

M의 손은, 역시나 미지근했다. 따뜻하다고 하기엔 어딘가 좀 모자란 구석이 있었다. 나는 아무것도 남지 않은 두 손, M의 체온만이 묻어 있는 두 손으로 하릴없이 차가운 양 무릎을 끌어안았다.

"레종."

뜬금없이 그가 말했다.

"존재의 이유."

"뭐?"

"레종의 뜻."

"그래?"

"너, 왜 하필 고양이냐고 물어봤었잖아."

"응."

"아직도 궁금해?"

"뭐, 약간."

그는 잠시 뜸을 들였다.

"도시 속에 살면서도 야성을 버리지 않는 자유로움과 도도함 때문이래."

"누가 그래?"

"홈페이지에 들어가봤어. 고양이의 그런 점이 담배 이미지와 상통한대. 그런 점에서도 나한테 딱 맞는 담배지."

"도대체 어떤 점이?"

"야성적이라는 점이."

나는 어이가 없어서 웃었다.

"그걸 찾아봤어?"

"어, 어느날 도가 지나치게 한가해서."

나는 후후, 하고 웃었다. 길들여진 한 마리의 고양이처럼 내 옆에 다리를 모으고 앉아 있는 이 사람이 새삼스러웠다. 문득 나는 이제껏 만난 수많은 길고양이들을 생각했다. 야성적이기엔 그들은 이 도시에 너무 길들어 있었다. 내가 그렇게 말했더니 그는 어깨를 으쓱하며 말했다.

"야성적이라고 꼭 쎄렝게티 같은 데서 육식을 하면서 뛰어다녀야 하는 건 아니야."

"그래, 아주 간단하게는 단추 두 개만 풀면 된대."

언젠가 J가 했던 유머다. 단추를 하나 풀면 지성, 두 개 풀면 야성, 세 개 풀면 실성이라던가. 하지만 M은 궁금해하거나 웃지 않았다. 나는 J처럼 의기소침해졌다.

"아무리 집고양이라도 완벽하게 길들지는 않거든. 길들여졌다고 스스로도 믿고 있었는데, 텔레비전에서 동물의 왕국 같은 게 나오면 넋을 놓고 보게 되는 거야. 그러다가 현관문이 열려 있으면 참지 못하고 탈출해버리는 거지. 물론 실상은 그게 아니기 쉽지만."

"그게 아니면?"

"대개는 그녀들이 부르기 때문이지. 성욕을 이기지 못하고."

"……고양이 키워봤어?"

"응, 두 마리. 둘 다 어느날 갑자기 사라졌어."

"음."

"둘 다 돌아오지 않았어."

말하자면 레종 마케터의 입장은 이렇다:

당신이 이 도시생활 속에서 여전히 야성을 간직하고 있는지는 확인하기 어렵다. 그러나 당신이 레종을 피워야 하는 이유는 간단하다. 당신의 심장이 살아서 꿈틀대는 숲속의 깊은 밤이나, 생고기가 입안에서 씹히는 질감 따위를 잊지 못하고 있다면. 그래서 텔레비전에서 동물의 왕국이 흘러나올 때 자신도 모르게 당신의 심장이 두근거린다면. 당신에게는 레종이 적당하다.

그들만의 오후

오늘의 비는 잦은 소나기였다.

잠깐 동안 비가 퍼붓고 나서 또 해가 반짝 나기를 반복했다. H는 오늘, 벗을 땐 계단을 내려오듯 해야 할 것 같은 10쎈티는 족히 되어 보이는 펌프스에, 청바지라기보다는 쫄바지라고 부르는 것이 더 적절할 듯한 스키니진을 입고 있었다. 하지만 날씬한 몸매여서 보기에 나쁘지 않았다. 그녀는 오늘도 한참 동안 이런저런 얘기를 쏟아내다가, 문득 생각났다는 듯이 말했다.

"안 오네?"

나는 그제야 시계를 보았다. 네시 이십분. 물고기가 나타나지 않고 있었다. 그래서 오늘은 내가 까페에 가서 그녀를 기다려보기로 했다. 편의점을 나서니 비가 쏟아지고 있었다. 나는 우산을 펼쳐들었다.

그녀가 일하는 까페는 편의점에서 한 백보쯤 떨어져 있었다. 건물 모서리에 위치해 있었는데, 한쪽 면에는 안으로 들어갈 수 있는 문이 있고 한쪽 면에는 테이크 어웨이를 할 수 있는 커다란 창문이 있었다. 점심때쯤 머리를 내밀고 살펴보면 길게 줄이 늘어서다시피 하는 조그맣고 바쁜 가게였다.

나는 살금살금 다가가서 창문 안을 들여다보았다. 그녀와 다른 알바생 하나가 정신없이 쌘드위치를 만들고 있었다. 안쪽에는 테이블이 몇개 있었는데 외국인 손님이 두 사람 앉아 있을 뿐이었다. 복고풍의 커다란 안경을 쓴 어려 보이는 여자 알바생이 나를 보더니 반사적으로 인사했다.

"어서 오세요."

나는 황망히 손을 내저었다. 그러자 이상한 낌새를 챘는지 물고기가 돌아보았다. 그녀는,

"어?"

하고 깜짝 놀라더니 환하게 웃었다. 그러고는 시계를 보며 말했다.

"쌘드위치 단체주문이 들어와서 좀 바빠. 금방 끝나는데 기다릴래? 한 오분 정도만. 아님 들어와서 좀 싸든지."

"진짜?"

내가 팔이라도 걷어붙일 기세로 묻자 그녀는 웃으며 말했다.

"당연히 아니지. 들어와서 기다려."

나는 됐어, 하고 고개를 저었다. 그러고는 문 옆에 서서 이어폰

을 꽂은 채로, 웅덩이 안에 들어 있는 낯선 하늘과 구름을, 그리고 그 위로 신비로운 동심원들을 그려내는 낯선 빗방울들을 하염없이 들여다보았다. 좀더 가까이 다가갔다. 낯선 얼굴 하나와 우산 하나가 추가되었다.

잠시 후 그녀가 창으로 고개를 쑥 내밀더니 물었다.

"커피 마실래?"

"어, 좋지."

"어떤 거?"

"아무거나 좋아."

그녀는 못마땅한 표정을 지으며 들어가버렸다.

나는 문득 M을 생각했다. 특별히 좋아하는 게 없는 것과 뭐든 다 좋은 것은 무슨 차이가 있는지. 나는 휴대폰을 꺼내어 나를 포함하고 있는 그 작은 웅덩이의 사진을 찍었다. 찰칵. 찍고 나서 보니 그것은 마치 깊은 밤하늘처럼 보였다. 나는 '오늘의 비'라는 제목을 붙여 그것을 M에게 보냈다.

이윽고 물고기가 양손에 커피를 들고 등으로 문을 밀며 나타났다. 그녀는 가방을 크로스로 걸친 채 신나게 가자,고 외쳤지만 갈색의 앞치마를 입은 채였다. 내가 웃음을 참으며 앞치마를 가리키자 그녀는 내게 종이컵을 안기더니, 어머 어머를 연발하며 안으로 도로 뛰어들어갔다. 나는 우산을 겨드랑이 사이에 끼운 채로 종이컵을 양손에 들고 서 있었다.

까페 안에서 한차례 웃음소리가 들려왔다. 그러고 나서 문이 열리더니 이번엔 물고기가 웃는 얼굴을 쑥 내밀었다. 아까는 분명 들고 있지 않았던 일회용 우산을 들고 있었다. 그것 역시 깜박했던 것이다.

"나는 아메리카노, 너는 카푸치노."

컵을 코 가까이 대고 향을 맡아보고 나서 그녀는 둘 중 하나를 내게 건넸다. 왜 카푸치노를 골랐느냐고 했더니, 자기가 제일 싫어하기 때문이라고 했다.

"나는 우유 들어간 커피가 싫어. 커피도 아니고 우유도 아니고 뭐야, 어중간해. 이 시나몬 향은 또 어떻고. 다 똑같은 라떼 주제에 뭐 좀 다른 척하고 있어."

그녀는 미간을 찡그렸다.

"자기가 싫은 걸 왜 나한테 마시래."

내가 핀잔을 주자 그녀는 키득거리며 말했다.

"너는 내가 아니니까."

물론 나는 그녀가 아니다. 나는 카푸치노를 한 모금 마셨다. 시나몬의 진한 향과 부드러운 우유의 느낌이, 나로서는 좋았다.

"어쨌든 잘 마실게."

어, 그녀는 건성으로 대답했다.

우리는 한손에는 우산, 한손에는 커피가 담긴 종이컵을 들고 역까지 걸었다. 빗줄기가 점점 약해지고 있었다. 먹구름 사이로 햇빛이 나타났다 사라졌다 할 때마다 그녀의 옆얼굴이 찡그렸다 웃었다 하는 것처럼 보였다. 문득 그녀가 고개를 돌려 나를 바라보더니 말했다.

"우리집에 놀러 갈래?"

*

전철에 빈자리가 없어서 우리는 문가에 나란히 섰다. 그녀와 나는 아무 말도 하지 않고 그저 전철의 흔들림을 느꼈다. 사실 나는 균형을 잡기 위해 발바닥에 온 신경을 모으고 서 있어서 어딘가 좀 불편한 사람 같았고, 그녀는 마치 스케이트보드라도 타고 있는 것처럼 편안해 보였다.

열차는 곧 지상철 구간을 지났다. 비 그친 뒤의 싱싱한 햇빛이 그녀의 옆얼굴에 어슴푸레한 윤곽선을 만들었다. 그것은 마치 그녀를, 그녀를 뺀 나머지로부터 쉽게 오려낼 수 있도록 그어놓은 선 같았다.

그녀의 방은 역에서 십오분 정도 걸어야 하는 곳에 있었다. 그리 깨끗하지 않은 골목을 따라 한참을 걸어, 최대한 눈에 띄지 않기 위해 애쓰고 있는 듯한 아주 평범한 건물 한 채로 들어갔다. 원룸촌으로 보이는 그 동네는 얼핏 보기에 건물들이 모두 똑같아서 나 혼자서는 좀처럼 다시 찾아올 수 있을 것 같지 않았다.

그녀의 방은 반지하에 있었다. 건물 내부 역시 회색빛의 수용소처럼 어둡고 침침했다. 그녀를 따라가자 스티커와 전단지로 도배되다시피 한 커다란 철문이 나타났다. 그녀는 가방에서 열쇠를 꺼내더니 한참 동안 열쇠구멍을 뒤적거렸다.

"금방 돼."

그녀는 그렇게 말하고도 한참을 애쓰다가 겨우 문을 여는 데 성공했다.

"웰컴 투 마이 홈!"

그녀가 그렇게 외치며 철문을 활짝 열었다. 생각보다 퀴퀴한 냄새가 나지도, 그렇게 어둡지도 않았다. 마주보는 벽면으로 창이 제법 길게 나 있었다. 반지하방이라 지상과 통하는 면적만큼이 창문인 셈이었다. 창문에는 제법 단단해 보이는 쇠창살이 박혀 있었다.

"남향이야."

그녀가 킥킥 웃으며 말했다. 그리고 창문을 활짝 열었다. 어떤 여자의 날씬한 종아리가 지나갔다. 나는 조그만 현관에서 그녀의 우산 옆에 나란히 내 우산을 세워둔 다음, 신발을 벗고 안으로 들어섰다. 그리고 깜짝 놀랐다.

그녀의 방은 왠지 모르게 기묘한 분위기를 풍겼다.

가뜩이나 조그마한 원룸인데 온갖 잡동사니로 가득 차 있어서 더욱더 좁아 보였다. 좀더 정신을 차리고 보니 입구 쪽의 약간의 공간을 제외하고 나머지는 정말 발디딜 틈이 없었다. 하지만 그다지

지저분한 느낌은 들지 않았다.

만화책, 소설책, 잡지책 따위가 군데군데 쌓여 있고, 옷들은 아무데나 벗어던져진 채였다. 방 한구석에는 소형냉장고와 조그만 씽크대가 있고, 콘쎈트에는 커피포트와 냉장고의 전원이 나란히 꽂혀 있었다. 그게 전부였다.

그러고 보니 가구가 전혀 없었다. 말하자면 모든 걸 평면으로 늘어놓은 셈이었다. 뭔가 기묘한 느낌을 받은 것은 바로 그 때문인 듯했다.

"이 방은 좀 너무한 것 같은데."

"어떤 점에서?"

"그냥, 이차원의 세계 같잖아. 나까지 평면이 된 것 같은 기분인걸."

내가 그렇게 말하자 그녀는 표현이 근사하다며 손뼉을 치며 좋아했다. 그러고는 발로 물건들을 되는대로 밀어내 약간의 공간을 만들더니 내게 앉으라고 권했다. 나는 조심스럽게, 방의 일부가 되었다. 이 평면의 방은 특별히 내게 이물감을 느끼는 것 같지는 않았다. 그녀는 냉장고 문을 열고 생수병을 꺼내들었다.

"미안하지만 물밖에 없어. 아니면 맥주 마실래?"

그녀는 냉장고 문을 활짝 열어 내게 안에 든 것들을 확인시켜주었다. 조그만 냉장고에는 생수 몇병, 맥주캔 몇개와 말보로 라이트 몇보루만 들어 있었다.

"맥주!"

내가 외치자 그녀는 맥주캔 두 개를 꺼내들고 다가왔다. 그리고 역시 내 옆에 있는 옷가지들을 엉덩이로 밀어내면서 주저앉았다.

딸깍, 그녀가 캔 하나를 땄다. 맥주 거품이 흘러넘치려 하자 그녀는 마치 맥주 CF의 한 장면처럼 급하게 입을 갖다대 위급한 상황을 넘긴 다음, 아무렇지 않게 내게 그 캔을 건넸다. 그리고 나머지 캔을 따서 똑같이 반복했다. 우리는 가볍게 건배했다.

"도대체 뭘 먹고 사는 거야?"

그랬더니 이번엔 그녀가 외쳤다.

"컵라면!"

그녀는 마치 이곳에 며칠 놀러 온 사람 같았다.

"근데, 냉장고에 담배가 잔뜩 있는데 왜 아침마다 담배를 새로 사?"

내가 의아해하자 그녀는 깔깔 웃더니 말했다.

"그 사람 보러 가는 거야."

"J?"

"응."

"어째서?"

"……맘에 들어."

그녀는 흐뭇한 미소를 지었다. 물론 나도 J가 맘에 들었다. 그는 처음 본 순간부터 내 마음속으로 뚜벅뚜벅 걸어들어와서는, 이제껏 한자리를 차지하고 앉아 있었다. 하지만 J는 다른 누군가의 마음에 쉽게 들어갈 만한 인물은 아니다.

"어떤 점이?"

"……화난 것 같은 표정이."

"그거 그냥 그런 척하는 거야."

"알아. 아니까 더. 그리고 허약해 보여서."

"그건 진짜 허약한 거야."

"알아."

그녀는 또 한바탕 웃었다.

"J도 네가 맘에 든대."

"정말?"

그녀는 놀라서 눈을 동그랗게 떴다.

"어째서?"

"그건 나도 모르지."

그러고서 우리는 아무 말 없이 맥주를 몇모금 들이켰다. 무릎을 끌어안고 앉은 그녀의 가지런한 발끝에, 대강 접힌 커다란 세계지도가 닿아 있었다. 내가 손가락으로 그것을 가리키며 말했다.

"세계지도."

"응."

"세계일주 계획은 잘 세워지고 있어?"

"그럭저럭. 자, 봐봐."

그녀는 또 한번 물건들을 대강 밀어내고 공간을 만들더니 세계지도를 바닥에 펼쳤다. 그리고 손가락으로 오세아니아를 가리켰다.

"맨 처음엔 남태평양, 그리고 동남아, 인도, 중국, 몽골. 씨베리아 횡단열차를 타고 유럽으로 들어가. 그리고 중동, 아프리카. 그리고 아메리카. 남미에서 일본으로, 그리고 다시 돌아오는 거야."

그녀는 지도에다가 손가락으로 커다란 원 하나를 그렸다.

"이 경로대로 움직일 수 있을지는 모르겠어."

"음."

"언제 돌아오게 될지도."

"돌아오긴 하는 거야?"

"글쎄, 언젠가는? 돌아오게 되면, 아니 돌아온다기보다, 난 이곳을 여행하듯 들를 거야, 언젠가."

그녀는 손가락으로 계속해서 원을 그렸다. 그러다가 문득 멈추고는 지도에 턱을 괴고 엎드렸다. 그녀가 물었다.

"넌 가보고 싶은 나라 없어? 한번쯤 살아보고 싶은 나라 같은 거."

"생각해본 적 없어."

그녀는 갑자기 몸을 일으키더니 옆에 잔뜩 쌓여 있는 옷무더기를 한참 동안 헤집었다. 그러고는 마침내 엄지손톱만한 크기의 투명한 주사위를 찾아냈다. 그리고 내게 그것을 건네더니

"던져봐."

라고 말했다. 나는 순순히 주사위를 던졌다.

또르르르.

주사위는 아시아 남쪽 부근에 떨어졌다. 자세히 보니 그것은 네 팔 위였고, 숫자 4가 나와 있었다. 그녀가 말했다.

"너는 사년 뒤에 네팔에 가는 거야."

"네팔?"

"그래, 네팔이야."

"그리고?"

"그리고 조용한 호숫가 근처에서 조그만 민박집을 운영해."

"민박집?"

"응, 고요함을 찾아온 세계 각국의 여행자들에게 저렴한 잠자리를 제공해주는 거야. 그리고 넌 매일 저녁마다, 네가 한번도 가보지 못한 낯선 곳에 대한 이야기를 듣는 거야."

"평생?"

"네가 원한다면. 아무도 너를 알지 못하는 곳에 가서, 비밀스러운 삶을 사는 거야."

나쁘지 않다고 생각했다. 언젠가 J와 이야기했던 '아무것도 아닌 컨셉'을 실천할 수 있는 좋은 기회였다.

"근데 이건 왠지 네 꿈 같은데."

내가 그렇게 말하자 그녀는 고개를 설레설레 저으며 말했다.

"아냐, 내 꿈은 그런 게 아니야."

"그럼?"

"나는 이곳을 떠나기만 하면, 그 순간부터 어디에도 머물지 않을 거야. 아주 천천히 모든 곳을 밟을 거야. 네가 원한다면 평생 거기에 있어. 내가 언제라도 들를 수 있게."

그녀는 고양이가 기지개를 켜듯 몸을 길게 늘이더니, 멀리 놓여 있던 여행잡지 한 권을 집어들었다. 그녀는 엎드린 채로 책장을 뒤적였다. 오후 햇살이 그녀의 지느러미를 타고 눈부시게 흘러내렸다.

"여깄다."

그녀는 벌떡 몸을 일으켜 앉았다. 그녀가 펼쳐든 페이지에는 어느 아름다운 호숫가의 사진이 실려 있었다. 그 호수는 깊이를 짐작할 수 없는 푸른빛을 띠고서, 세월을 짐작할 수 없는 나무들과 나란히, 항로를 짐작할 수 없는 낡은 나룻배 몇척을 끌어안고 있었다. 그녀가 말했다.

"이게 바로 네팔의 페와 호수."

"폐, 와."

나는 조그만 소리로 따라해보았다. 어딘지 모르게 묘한 느낌의 발음이었다.

페와. 페와.

"가져."

그녀는 그 페이지를 거리낌없이 북 찢어서 내게 건넸다.

"고마워."

나는 찢어진 종이를 손에 들고 가만히 들여다보았다. 그녀가 말했다.

“배고파.”

우리는 근처 편의점에 가서 컵라면에 삼각김밥, 햄버거, 핫바, 샌드위치, 콜라까지 집어들어 값을 치렀다. 언제나처럼 그녀가 강력하게 주장한 탓이었다. 우리는 나란히 앉은 채로 창밖을 내다보면서 그것들을 하나하나 먹어치웠다.

하지만 먼저 지친 것은 언제나처럼 그녀였다. 그녀는 한입이라도 더 먹으면 죽어버리고 말 거라는 표정을 지으며 남은 것들을 내 앞에다 슬쩍 밀어놓았다.

편의점에서의 뷔페식 만찬을 끝낸 우리는 방으로 돌아와 아무데나 웅크리고 잠들었다. 쌀쌀한 기운에 잠이 깨면 근처에 있는 옷가지들을 마구잡이로 끌어다가 몸을 덮었다. 말하자면 집 안에서 노숙을 하는 꼴이었다.

그렇게 자다 깨다를 반복하다가, 이윽고 그녀 휴대폰의 알람이 울렸다. 일종의 재즈음악이었는데 모닝콜로 하기엔 부적절한, 재즈라고 하기에도 부적절한 무지막지한 벨소리였다. 나는 자못 불쾌하게 잠에서 깨어나 몸을 일으켰다. 그녀도 어둠속에 우두커니 앉아 있었다.

“……벨소리를 바꿔야겠어.”

그녀가 갈라진 목소리로 말했다. 하지만 내일도 그녀는 같은 소리를 들으며 불쾌하게 잠에서 깰 것이다. 나는 알 수 있다.

*

우리는 그녀의 출근시간 열한시에 맞춰 집을 나섰다. 그녀는 십분 정도 걸어가면 있는 그녀의 피씨방으로, 나는 지하철역으로 갈라질 생각이었다.

"나는 최상의 일자리라고 봐."

그녀가 불현듯 말했다.

"어떤 점이?"

"밤새 지뢰찾기를 해도 아무도 뭐라고 하지 않아. 담배도 맘껏 피울 수 있고."

"지뢰찾기를 밤새서 한다구?"

"놀란 표정 하지 마. 지뢰찾기에는 인생의 철학이 담겨 있다구. 너 모르지?"

"어, 몰라."

나는 놀리듯이 말했지만 그녀는 비장한 표정을 지으며 말했다.

"그게 말야, 이제 거의 다 찾아낸 줄 알았는데, 꼭 결정적인 순간에 지뢰를 밟게 된단 말이지."

"흠."

"게다가, 딱 한 판만 더 하면 성공할 수 있을 것 같거든. 한 판만 더, 한 판만 더…… 그러다가 막상 성공하고 나면, 그때는 최단기록을 내고 싶어지는 거야, 젠장. 사는 게 그런 거지."

그녀는 짧은 한숨을 쉬었다. 나도 따라 쉬었다.

그러나 어느새 나는 그녀를 따라가 밤새 지뢰찾기를 하고 있었다. 그녀는 카운터를 보다가 게임을 하다가를 번갈아했다. 가끔 고개를 돌려보면 그녀는 계산을 하느라 최단기록을 내지 못해 발을 동동 구르는 모습이었다.

하지만 나는 인정하지 않을 수 없었다. 그것은 정말로 훌륭한 게임이었다. 마우스 버튼을 누르는 오른손가락에 의식을 집중하다보면 잡다한 세상사를 모두 잊어버릴 수 있었다. 이윽고 아침이 밝아왔을 때, 나는 마치 시간을 훌쩍 뛰어넘어버린 것처럼 느꼈다.

*

"너 오늘 좀 이상해."

"응? 뭐가?"

"눈에 촛점이 없어."

J가 걱정스런 표정으로 말했다.

"잠을 못 자서 그래."

내가 대수롭지 않게 대꾸했다.

"왜 잠을 못 잤어?"

"뭐, 그냥 이것저것 하다보니까."

실은 내 머릿속에서는 빨간 깃발들이 나부끼고 있고 오른손 검지와 중지는 마우스 버튼의 감촉을 그리워하고 있었다. 눈을 감으면, 노란 스마일이 두둥실 떠올랐다. 그러나 차마 사실대로 고백하기에는 약간 부끄러웠다.

J는 일찌감치 유니폼을 벗고 담배 진열대에 몸을 기댄 채 구부정하게 서 있었다. 물빠진 듯한 인디언블루빛의 티셔츠와 낡은 청바지를 입고, 평소와 똑같은 검정색 스니커즈를 신고서.

그는 한동안 가지런히 모은 자신의 두 발을 조용히 내려다보고 있었다. 뭔가 진지하게 할말이 있다는 뜻이다. 나는 재촉하지 않고 담배 보루의 비닐을 하나하나 벗겼다. 그가 드디어 입을 열었다.

"나 그만둬."

나는 놀라지 않았다. 정말로 예상치 못한 일이었음에도 불구하고, 그 사실을 이미 오래전부터 알고 있었던 사람처럼 담담했다.

"어디로 가?"

그는 잠시 망설이다가 대답했다.

"입산할 거야."

"입산?"

"절에 들어간다고. 말했잖아, 그렇게 살아보고 싶다고."

"……이제 때가 됐어?"

"그런 것 같아."

그는 그렇게 말하면서 수줍게 웃었다. 그의 때묻지 않은 표정이 내 안의 모든 질문을 지워버렸다. 내가 할 수 있는 일은, 내가 해야 하는 일과 같았다. 그가 떠난다는 사실을 받아들이는 것이다.

그로부터 며칠 뒤 새로운 야간 알바생이 뽑혔다. 사장님의 채용 기준은 도저히 가늠할 수 없었다. J와 H만 봐도 그렇지만, 새로 등장한 이 친구 또한 예사롭지 않았다. 무척 신속해 보이게 생겨서는, 깜짝 놀랄 정도로 느린 것이다. 심지어 보통 사람보다 반응이 약 삼초 정도 늦었다.

사장님 성격에 답답하게 구는 것을 참을 수 없을 것 같은데, 그에게도 '너만의 속도'가 적용되는 것인지, 그게 아니라면 야간 알바생의 선발기준은 긴긴 밤을 견딜 수 있는 자신만의 세계를 가졌느냐 가지지 못했느냐에 달렸는지도 몰랐다. 만약 정말 그렇다면 그는 J와 마찬가지로 훌륭한 야간 알바생이 될 거라고 나는 생각했다.

며칠 동안은 출근하면 J와 새로운 알바생이 함께 있었다. 다행스럽게도 J는 그보다 약간, 아주 약간 빠른 속도로 말하고 움직였다. 인수인계 때문에 J와 나는 수다 떨 기회가 많지 않았다. 쐐—한 표정도 더이상 볼 수 없었다.

비로소 다가온 J의 근무 마지막날, 사장님과 J와 H와 나, 이렇게 넷이서 회식을 하기로 했다. 최소 오개월에서 최대 칠년의 알바 경력을 가진 이들의 모임이었다. 야간 교대시간인 저녁 열한시에 J와 내가 편의점으로 가서 다같이 출발하기로 했다.

오분 전쯤 도착해 유리문 안을 들여다보니 사장님과 H, 그리고 새로운 알바생 셋이서 이야기를 하고 있었다. H가 나를 눈치채고는 반갑게 손을 흔들었다. 사장님이 들어오라고 손짓했다. 딸랑, 나는 문을 열고 들어갔다. 새 알바생과 눈인사를 했다.

"먹고 싶은 아이스크림 골라봐. 내가 쏜다."

사장님이 말했다. 나는 짝짝, 박수를 치며 아이스크림 컨테이너를 들여다보았다. H와 새 야간 알바생도 다가왔다. 한창 아이스크림을 고르고 있을 때 딸랑, 하고 J가 나타났다.

우리는 사이좋게 아이스크림 하나씩을 입에 물고 강남의 밤거리를 걸었다. 여름밤의 공기는 훈훈했고, 우리는 사뭇 즐거운 기분이었다. 조금 걷다가 J가 걱정스럽게 물었다.

"새로 온 친구 혼자 둬도 괜찮겠어요?"

그러자 사장님은 쿨하게 대답했다.

"강도만 안 들면 돼."

그리고 나서 우리는 사장님이 즐겨 찾는다는 삼겹살집으로 줄줄이 들어갔다. 크지도 작지도 않은, 친절하지도 불친절하지도 않은, 맛이 있지도 없지도 않은, 게다가 인테리어의 일관성이라고는 저 순대국밥집만큼도 없는, 말 그대로 뭐 하나 볼 것 없는 가게였다. 도대체 왜 여기를 즐겨 찾는 거냐고 모두가 의아해하자 사장님은 또 한번 쿨하게 대답했다.

"조용하잖아."

확실히 그랬다. 다른 가게들은 북적북적하는데 이 가게에는 우리 외에 딱 한 테이블이 차 있을 뿐이었다. 관계를 짐작할 수 없는 중년의 여성과 젊은 남자였는데, 낮은 목소리로 뭔가 심각한 이야기를 나누고 있었다. 흡사 고깃집이 아닌 도서관 같았다.

하지만 우리는 마치 시험기간의 고등학생들처럼 정신없이 떠들었다. 잔이 몇번 돌고, 사장님은 우리에게 편의점을 처음 시작했을 때의 이야기를 들려주었다.

그는 꽤 좋은 대학을 꽤 높은 성적으로 졸업했고, 꽤 좋은 기업에 들어가서 꽤 높은 자리에까지 올랐다. 매일매일 바쁘게 일했다. 여기까지는 뻔한 이야기 같다. 치열하게 살던 한 남자가 어느날 문득 자기 자신을 돌아보게 될 것만 같은 이야기. 하지만 이야기는 예상 밖으로 흘러간다.

그러던 어느날, 그는 우연히 고등학교 동창과 연락이 닿았다. 그 친구는 꽤 커다란 편의점을 운영하고 있었다. 어느 무더운 여름날, 그는 친구를 만나러 그 편의점을 찾아갔다. 딸랑, 문이 열리고 편의점 안으로 한 발짝 들어선 순간, 그는 운명 같은 것을 느꼈다.

그곳은 너무나 시원했고, 평화로웠고, 모든 게 있었다.

그는 결심했다. 그는 마치 지하철을 환승하듯, 모 기업 부장에서
모 편의점 사장으로 직업을 갈아탄 것뿐이었다. 본인 성격에 체인
점을 내기는 싫어서 개인 편의점을 차렸다. 강남 빌딩숲 한가운데
여서 제법 장사는 되었다.

생활패턴은 조금 달라졌지만, 그밖에 그다지 달라진 것은 없었
다. 사실 무언가 크게 달라지길 바란 것도 아니었다. 그냥 자연스
럽게 그렇게 되어야 했던 일이었다. 그의 편의점 또한 늘 시원했고,
대부분은 평화로웠고, 거의 모든 게 있었다.

"때려치우고 싶은 적 없으세요?"
H가 물었다.
"있지."
"언제요?"
"언제나."
그가 대답했다.

까다로운 토마토

물론 그랬다. J가 없는 편의점은 아무렇지도 않았다.
편의점은 마치 J라는 부품을 새 알바생으로 교체한 다음, 득득
태엽을 감았다가 풀어놓은 단순한 기계장치처럼 돌아갔다. 새로운

알바생의 음악적 취향은 최신가요에 다름아니었고, 그래서 오늘 아침에 문을 열고 들어섰을 때 편의점 내부의 공기가 약간 세속적으로 바뀐 것을 제외하고는 그때까진 모든 게 괜찮았다.

오늘은 어제와 오후 네시부터 달라졌다. 물고기가 나타나지 않았기 때문이다. 까페로 찾아가보았지만 그녀는 이미 퇴근한 뒤였다. 약간 당황했지만 그녀가 내게 한마디 말도 없이 혼자 갔다면 그럴 만한 이유가 있을 거라고 생각했다. 사실 매일 함께 퇴근하기로 약속한 것도 아니었다. 그냥 자연스럽게 그렇게 되어 있었던 것이다. 상심할 필요는 없었다.

그럼에도도 불구하고 아주 약간은 상심할 수밖에 없었는데, 바로 오늘이 나의 스물한번째 생일이었기 때문이다. 7월의 딱 중간, 여름의 딱 중간지점이다.
나는 내 생일을 좋아한다. 절반은 비로 쏟아내고, 절반은 햇빛으로 쏟아내기 때문에 7월은 자신의 몫을 완전히 살고 지나간다. 나 또한 7월처럼 이 생을 하루도 남김없이 쓰고 가고 싶다. 때로는, 적어도 오늘 같은 날은 나도 그렇게 생각한다.

작년 이맘때, M과 함께 보낸 여름의 한가운데 나는 그럭저럭 쓸 만한 생일을 보냈던 것 같다. 물론 그날도 평소와 다를 바 없었지만, 나는 그날 내 옆에 주어진 M을 일종의 생일선물처럼 느꼈다.

하지만 이번 생일은 완벽히 혼자다. 그렇게 생각하면서도 나는 그리 나쁘지 않은 기분이었다. 그때 물고기에게서 문자 한 통이 날 아들었다.

'먼저 가서 미안. 그럴 일이 있었음.'

*

하루의 리듬은 그렇게 오후 네시에서 약간의 당김음 형태를 보인 뒤, 또다시 원래의 박자대로 되돌아갔다. 나는 메트로놈처럼 지루하게 왔다갔다하며 시간을 보냈다.

그러다 저녁때쯤 되자 문득 편의점 청년의 목소리가 귓가에 맴돌았다. '감사합니다, 또 오세요.' 나는 무언가에 홀린 듯이 부스스 자리에서 일어나 밖으로 나섰다. 맥주가 몹시 마시고 싶었다.

육교 즈음을 지나는데 주머니 속에서 휴대폰이 진동했다. M이었다.

"어디야?"

"집이지, 뭐."

"혼자 있어?"

"응."

"생일날 혼자 집에서 뭐 하고 있는 거야."

"생일날 혼자 집에 있으면 안되는 거야?"

"안되지. 슬프잖아."

"……내 생일은 어떻게 알았어?"

"그러게. 나도 모르게 알고 있더라."

나는 소리내지 않고 웃었다.

"생일이 언제야?"

"한참 지났어. 넌 왜 몰라?"

"미안. 그러는 선배는 생일날 뭐 했는데?"

"혼자 집에 있었어."

나는 이번엔 하하 소리내어 웃었다.

"좀만 기다려. 내가 지금 갈 테니까."

"실은 집앞 편의점에 맥주 사러 나왔어."

"그거 괜찮네. 금방 갈게."

그는 자못 즐거운 듯이 말하고는 전화를 끊었다.

폭이 좁은 육교 계단에서, 나는 수려한 외모를 지닌 금발의 남자와 영화 「접속」의 한 장면처럼 스치고 지나갔다. 물론, 어떤 접속도 없었다.

그리고 편의점은 오늘도 눈부셨다. 사장님의 편의점, 나의 편의점을 포함한 세상의 모든 편의점은 평화로웠다. 나는 천천히 문을 밀고 들어갔다. 따알랑, 소리와 함께 에어컨의 찬바람이 성급하게 밀려왔다.

"어서 오세요."

얼굴이 익어서인지 늘 보던 남자점원이 언제나처럼 지나치게 반갑게 인사했다. 나는 가볍게 눈인사를 하고 캔맥주 여섯 개와 자갈치 한 봉지를 골랐다. 카운터에 물건들을 내려놓자 점원 청년이 짐짓 놀라는 듯한 표정을 지으며 말했다.

"이걸 혼자 다 드시게요?"

"……이게 뭐 많은가요?"

나는 대답했다. 그러고는 서로 웃었다. 딸랑, 나는 편의점 문을 나섰다. 밤공기는 미지근했다. 육교 계단을 천천히 걸어올라가다가, 나는 문득 생각했다. 그런데 저 점원 청년은 왜 나 혼자서 이 맥주 여섯 캔을 다 마실 거라고 생각했을까? 왜 다른 누군가와 함께 마실 수도 있다는 생각은 하지 못했을까? 이상한 일이었다.

나는 대부분 혼자였지만 그것을 당연하다고 여겼다. 심지어 누군가와 함께 있을 때조차 그렇게 느꼈다. 나는 늘 그것이 하나의 단단한 명제라고 믿었고, 반박해볼 생각은 추호도 없었다. 그런데 어느날 갑자기, 편의점의 흰 봉지를 흔들거리다가, 모든 게 흔들렸다. 나는 균형을 잃었다.

나는 육교 중앙에 멈춰서 난간에 등을 기대고 앉았다. 그리 늦은 시각도 아닌데 육교를 오가는 인적이 드물었다. 나는 맥주캔 하나를 따서 홀짝거리며, 가로등 불빛이 아련하게 거리를 감싸고 있는 모습을 하염없이 바라보았다. 멀지 않아 그에게서 역에 도착했다는 문자가 왔다. 나는 그에게 육교로 올라오라고 답했다.

그의 모습이 나타나기를 기다리는 약 오분 정도의 시간 동안, 나는 어째서인지 심장 가까운 곳 어딘가가 뻐근해오는 것을 느꼈다. 그것은 이제껏 한번도 느껴보지 못한, 깊은 통증에 가까운 느낌이었다. 나는 가만히 왼쪽 가슴에 오른손을 얹었다. 심장이 평소보다도 느린 박동으로 뛰는 듯했다.

발소리가 가까워진다. 그의 머리카락, 그의 얼굴, 그의 어깨가 차례대로 나타난다. 심장박동이 조금 더 느려진다. 애써 무심한 표정을 지으며 그가 천천히 다가와서는 불쑥 손에 든 무언가를 내밀었다.

"생일선물."

그가 건넨 것은 토마토였다. 나는 앉은 채로 손을 내밀어 그것을 받았다. 젤리처럼 말랑말랑했다.

"이게 뭐야?"

"토마토."

"무슨 토마토냐고 묻는 거야."

그는 내 옆에 털썩 앉더니 내 손에서 토마토를 가져갔다. 그러고는 그것을 힘껏 던지는 포즈를 취하며 말했다.

"짜증나고 화날 때 이걸 벽에다가 세게 던지는 거야. 그러면 터져서 벽에 붙어 있다가는, 조금 있으면 다시 원래대로 돌아와."

"우와."

"신기하지?"

"응."

그는 내게 다시 토마토를 건넸다.

"이거, 던져보고 싶은데 벽이 없네."

내가 아쉽다는 듯 말하자 그는 사뭇 진지하게 말했다.

"근데 그거, 깨끗한 벽에 던져야 돼. 먼지가 묻으면 잘 안 터지거든."

"까다로운 토마토네."

"응, 조심해서 다뤄줘."

나는 곧 던지기라도 할 듯이 오른손으로 토마토를 힘껏 움켜쥐고 말했다.

"……선배한테 던져봐도 돼?"

"나한테?"

"응."

"………"

안된다고 하지 못했기 때문에, 나는 그가 귀엽다고 생각했다. 나는 줄곧 토마토를 만지작거리며 말했다.

"근데 이거 어디서 났어?"

"우리집 앞 화단에다 재배하잖아."

그는 또 무표정하게 농담했다.

나는 이번엔 우습다기보다는 좀 슬퍼졌다. 이유는 알 수 없었다.

우리는 육교 난간기둥 사이사이에 다리를 하나씩 끼워넣고 앉았다. 발밑으로 헤드라이트 불빛들이 유성처럼 꼬리를 늘이며 지나갔다. 멀리 남산타워가 우리와 마주보고 서 있었다. 우리는 아무 말 없이 캔맥주를 마시며 한참을 앉아 있었다. 시간은 촛점을 잃고 흐릿해졌다.

둘이서 맥주 여섯 캔을 다 비우고, 자갈치 한 봉지를 부스러기 하나 남김없이 먹어치웠다. 그후에는 함께 빈 캔을 손으로 꾹꾹 눌러 찌그러뜨렸다. 그는 자갈치 봉지를 길게 접어서 딱지 모양을 만들었다. 그러고 나서 우리는 잘 정돈된 쓰레기들을 비닐봉지에 차곡차곡 담았다.

나는 제목을 알 수 없는 노래를 흥얼거리며 양발을 흔들흔들, 흔들었다. 그는 주섬주섬 주머니에서 담뱃갑을 찾아 꺼내들었다. 그리고 담배 한 개비를 입에 물고, 라이터를 한 오분쯤 찾았다. 그런데 라이터는 바지 오른쪽 주머니에도, 왼쪽 주머니에도, 뒷주머니에도, 셔츠 앞주머니에도 없었다. 그는 나를 의심하는 듯한 눈빛을 하더니 내 두 손을 끌어당겨 펼쳐보았다. 내 손에도 물론 없었다.

잠시 후, 라이터는 그저 그와 나 사이 바닥에 덩그러니 놓여 있었던 것으로 결론이 났다. 그는 웃지도 화내지도 않고 라이터를 집어들어 담배에 불을 붙였다. 나는 그런 그를 물끄러미 바라보았다. 가슴이 답답했다.

"……어려워."

"뭐가."

"어떤 사람인지 모르겠어."

"내가?"

"응."

"……그거 이상하네. 난 네가 어려운데."

"……무슨 생각을 하고 있는지, 갈피를 못 잡겠어."

그가 양손으로 얼굴을 한번 쓸더니 대뜸 큰 소리로 말했다.

"아임 언 오픈 북."

"뭐?"

"오늘의 영어회화. 나는 숨기는 게 없다는 뜻이야."

그는 그렇게 말하더니 입을 다물었다.

나는 그런 그의 옆모습을 바라보았다. 물음표를 닮은 오른쪽 귀.

그래, 어쩌면 당신은 늘 내게 책장을 펼쳐 보이고 있는 한 권의 책이었는지도 모른다. 문제는 그것이 내가 알고 있는 언어로는 도무지 해독해낼 수 없는, 난해한 문장들로 가득 차 있다는 점이었다.

그는 종종 나를 웃게 한다. 가끔씩은, 크게 소리내어 웃게도 한다. 나 역시 그를 웃게 하지만 그는 단 한번도 소리내어 웃지 않는다. 내가 그를 웃게 하지 않으면, 그는 웃지 않는다. 내가 곁에 있는 것만으로는, 그는 웃지 않는다.

나는 어쩐지 소모된 느낌이다.

"나를 왜 만나?"

"………"

“습관이야?”

“………”

그는 아무 대답도 하지 않았다.

이곳을 여행하는 법

환한 대낮에 J를 본 것은 처음이었다.

그는 아무 무늬도 그림도 없는 하얀 티셔츠와 본의 아니게 구제 느낌을 주는 낡은 청바지를 입고 있었다. 어찌된 일인지 긴 머리를 단정히 자르고, 흰 피부 때문인지 흰 티셔츠 때문인지 햇빛을 반사하는 듯한 느낌으로 가로수에 비스듬히 기대서 있었다. 왠지 눈부셨다.

내 시선을 눈치챘는지, 이윽고 그가 휘청휘청 가게 쪽으로 다가왔다. 그러고는 장난스럽게 내 어깨를 주먹으로 툭 쳤다.

*

“고백했어.”

바나나우유에 빨대를 푹 꽂으며 그가 말했다. 그리고 안경 너머로 나를 물끄러미 바라보았다. 나는 바나나우유를 한 모금 빨았다. 그는 웬일로 뜸들이지 않고 말했다.

136

"어제 오후 네시쯤에, 퇴근하는 걸 기다리고 있었어. 문 옆에
서."

"………"

나는 한 모금을 더 빨았다.

"요 옆 자판기에서 커피 두 잔을 뽑아서 양손에 들고."

나는 그가 오후 네시의 햇살 아래서 종이컵 두 개를 양손에 들고
위태롭게 서 있는 모습을 상상했다.

"하루종일 커피 만드는 사람한테 자판기 커피를 주려고?"

그는 일시정지 버튼을 누른 것처럼 입을 헤벌린 채 잠시 가만히
있었다. 동공이 흔들렸다. 약간 충격을 받은 듯했다. 나는 우유를
한 모금 더 빨았다.

"아무튼 그 사람이 문을 열고 나오길래 부르려고 했는데, 이름
이 생각이 안 나는 거야."

"응."

"가만히 생각해보니까, 나는 이름을 아예 몰랐던 거지."

큭큭, 하고 그는 또 몸을 쥐어짜듯 소리없이 웃었다.

"그래서 그냥 무작정 따라갔어."

나는 그가 종이컵 두 개를 양손에 들고 따가운 햇볕 아래 휘청거
리며 걸어가는 모습을 상상했다. 위태롭다.

"저기요, 하고 불러도 됐잖아."

그는 2차 데미지를 입은 듯 또다시 건전지가 다 된 기계처럼 멈
췄다. 그가 제정신으로 돌아올 때까지 나는 바나나우유를 마저 다

마셨다. 그는 아직 한 모금도 마시지 않은 채였다.

"미안, 계속해."

"……따라갔어, 지하철역까지. 화장실로 들어가길래 입구 옆에 서 있었지."

그가 종이컵을 양손에 들고 여자화장실 문앞에 서 있는 모습을 상상했다. 어째서인지 잘 어울리는 그림이었다.

"한참 있다가 갑자기 그녀가 나오는 바람에, 깜짝 놀라서 그냥 종이컵을 불쑥 내밀었어. 근데 너무 세게 내밀어서 커피가 반쯤 쏟아진 거야. 왼손이 커피범벅이 됐어. 그 사람 신발에도 약간 튄 것 같았고."

나는 고개를 절레절레 저었고, 그는 짧게 한숨을 쉬었다.

"그런데 그 사람이 아무 말 없이 내 손에서 종이컵을 받아들더니, 오른손에 있는 종이컵도 빼가는 거야. 그리고 눈짓으로 남자화장실을 가리켰어. 내가 멍하니 있었더니 살짝 웃더라. 난 그제야 알아듣고 화장실에 가서 손을 씻었어."

나는 이번엔 그녀가 종이컵 두 개를 양손에 들고 남자화장실 문앞에 서 있는 모습을 상상했다. 이건 왠지 잘 되지 않았다.

"손의 물기를 말리면서 그때부터 약간 긴장이 되기 시작하는 거야. 심장이 막 쿵쿵거리는데 옆에 있는 사람이 들을 수 있을 정도로 큰 소리인 것 같아서 막 두리번거렸지. 심호흡을 몇번씩 하고 나서야 나왔는데, 그녀가 내 얼굴을 흘끗 보더니 안색이 창백하다는 거야. 그러고는 할말이 있느냐고 묻더라. 그래서 나는 고개를 끄덕끄

덕했지. 그랬더니 그녀가 다시 '긴 얘기예요, 짧은 얘기예요'라고 묻는 거야. 그래서 나는 잘 모르겠다고 대답했어."

그녀는 종이컵 하나를 그에게 건네고는 말없이 뒤돌아 출구로 향했다. 그는 그녀를 따라 약간 뒤처져서 걸었다. 그들은 걷는 내내 아무 말이 없었다. 햇빛은 아스팔트까지도 녹일 것처럼 뜨거웠다.

잠시 후 그녀는 근처 공원으로 들어갔다. 우리가 종종 낮잠을 자곤 하던 바로 그 공원이었다. 나무그늘이 드리워진 어느 벤치에 그녀가 먼저 앉았다. J는 잠시 망설이다가 한 사람 정도 더 앉을 공간을 사이에 두고 약간 대각선으로 비스듬히 앉았다.

매미소리가 민방위훈련 싸이렌 수준으로 지나치게 크게 들려왔다. 그녀는 가방에서 말보로 라이트 담뱃갑을 꺼내더니 담배를 한 개비 입에 물었다. 그러고는 다시 가방에서 라이터를 찾기 시작했지만 잘 찾지 못했다. 그래서 그는 자기 주머니에서 라이터를 꺼내 불을 붙여주었다. 그런 다음 그가 마침내 입을 열었다. 옛날에, 아주 가난한 남자아이가 살았답니다.

그때 딸랑, 하고 문이 열리고 남자 손님 한 명이 들어왔다. 그는 곧장 카운터로 걸어와 던힐 라이트를 달라고 했다. 또다시 딸랑, 하고 문이 닫히자 J가 말했다.

"웃었어. 일탄밖에 안했는데."

"웃어줬겠지."

"아냐, 재밌다는 거야. 그 얘기보다도, 그 얘기를 하는 내가 재밌대.”

그건 사실이었다.

“……그래서, 이탄은 언제 들려주기로 했어?”

내가 놀리듯 묻자 그는 멋쩍은 표정으로 말했다.

“……결혼했대.”

그녀답다고 생각했다. 그리고 그걸 믿어버리는 이 사람이 말할 수 없이 좋았다. 그게 거짓말이라고, 차마 그 얼굴에 대고 말할 수는 없었다. 잠시 침묵이 흐르고 나는 그의 얼굴을 살폈다. 눈이 마주쳤다. 우리는 피식 웃었다.

“갈게.”

“……그 얘기 하러 온 거야?”

“응.”

그는 그렇게 말하고 문 쪽으로 걸어갔다. 나는 카운터를 빠져나와 그를 따라갔다. 그의 약간 굽은 등이 보였다. 얇은 티셔츠 위로 양쪽 날개뼈가 툭 튀어나와 있었다. 나는 손을 대어보려다가 그만두었다.

갑자기 그가 몸을 돌리더니 불쑥 오른손을 내밀었다. 나도 손을 내밀어 우리는 악수했다. 여전히 차가운 손이었다.

“만나서 반가웠습니다.”

내가 허리를 숙이며 꾸벅 인사하자 그는 찡그린 채 웃으며 한번 더 말했다.

“갈게.”

그러고는 두어 걸음쯤 가다가 또 갑자기 뒤돌아보더니 말했다.

"나 담배 끊었다."

"언제부터?"

"오늘부터."

그는 더이상은 돌아보지 않고 오른손을 흔들며 멀어져갔다. 왼손에는 한 모금도 마시지 않은 노오란 바나나우유를 들고서. 나는 할말을 잃고 그 자리에 서 있었다. 햇살이 머리 위에서 노오랗게 익어가고 있었다. 여름이었다.

*

편의점에서 일하는 동안, 나도 누군가에게 관심을 받은 적이 몇 번 있다.

한번은 군복을 입지 않았다면 중학생으로도 보일 것 같은, 장밋빛 뺨을 가진 군인이었는데, 마찬가지로 군복을 입지 않았다면 군인이라고 하기 힘들 정도로 자주 나타났다.

처음 편의점에 등장했을 때, 그는 지포 라이터를 찾고 있었다. 편의점 안을 빙빙 돌다가 결국 체념한 그가 내게 도움을 요청했을 때, 나는 그가 한참 동안 들여다보던 바로 그 매대에서 그것을 찾아주었다. 그래서 우리는 동시에 웃었다.

그날 이후 그는 토요일이면 종종 편의점에 나타나서, 정말 불필요할 것 같은 물건들을 골라서는 장밋빛 뺨이 더 붉어진 채로 계산대로 다가왔다. 몇번 그렇게 물건을 사고 나서 재빨리 도망치듯 사라지더니, 어느날에는 음료수 두 병을 사서 한 병을 내게 건네기도 하고, 어느날엔 근처에서 산 조각케이크를 주기도 했다. 그리고 어느날엔, 드디어 곱게 접은 쪽지를 건네고 사라졌다.

쪽지엔 그 당시 개봉한, 내가 혐오하는 종류의 로맨스 영화를 함께 보자며 어느 영화관 앞에 몇시까지 나와달라고, 나올 때까지 기다리겠다고 못난 글씨로 적혀 있었다. 물론 나는 가지 않았다. 그리고 그는 더이상 나타나지 않았다. 하지만 나는 그가 나타날까봐 한동안 토요일을 싫어했다.

또 한 사람은 근처 광고회사에 다니는 몹시 마른 몸매의 회사원이었다. 얼핏 보면 기아상태로 보이기 십상일 정도로 말라서 눈만 부리부리하게 크고, 양 볼이 퀭하니 들어가 있었다. 손목은 심지어 나보다 더 가늘어 보였다.

그는 매일 아침 여덟시 반이면 나타나서 꼭 삼각김밥 하나를 샀다. 더도 아니고 덜도 아니고 늘 삼각김밥 한 개였다. 다른 것은 한번도 고른 적이 없었다. 그는 손에 꼭 쥐고 있던 백원짜리 동전 일곱 개를 다시 한번 하나하나 세서 내게 조심스럽게 건네곤 했다. 그러고는 나와 눈이 마주칠 때까지 「슈렉」에 나오는 고양이 같은 눈망울로 기다렸다. 눈이 마주치면 수줍게 웃으며 꾸벅 인사하고 돌아갔다.

그의 동전들은 언제나 따끈따끈했다. 나는 따끈따끈한 동전을 좋아한다. 편의점에 도착할 때까지, 주머니 속에서 손에 꼭 쥐고 있었을 것을 생각하면 귀엽다.

한번은 그가 삼각김밥 대신 빵을 고르기에 장난스럽게 오늘은 빵이네요,라고 했더니 굉장히 당황해했기 때문에 나는 좀 미안해했다. 또 한번은 그가 나타나지 않아서, 다음날 어제는 안 오셨네요, 하자 역시 상당히 몸둘 바를 몰라했다.

그러던 어느날 그가 곧 쓰러질 것 같은 표정을 하고서, 내게 식사를 함께하자고 했다. 나는 웃으며 고개를 가로저었다. 그리고 그 역시 다음날부터 나타나지 않았다.

어쩌면 내가 그를 인식하고 있다는 것을 알게 해서는 안되었던 것인지도 모른다. 나는 그에게 일정한 정도의 관심만을 주었어야 했다. 식물을 기르듯. 내게 식물을 기른다는 것은 그것을 자라게 하는 것보다는, 최소한 죽이지 않는 것을 의미했다.

나는 일련의 관계들을 겪으면서 그것들이 참으로 부질없다고 생각했다. 우리가 주고받는 모든 안녕, 모든 대화의 방식과 혹은 입밖에 내지 않고 공유하는 감정, 눈빛의 종류, 친절의 깊이, 그 모든 것들이 마치 성냥개비를 쌓아올린 듯 위태롭다고. 어느 순간 후, 불면

힘없이 무너져버리고, 다시 쌓아올릴 의욕 같은 것을 영원히 상실해버리는 것이다.

*

그날 이후 M에게서는 아무 연락도 없었다. 나 또한 하지 않았다. 그것은 남녀 사이에 흔한 밀고 당기기 같은 것이 아니었다. 나는 그에게 있어서만큼은 완벽하게 무력했다. 무력했으므로, 늘 아무것도 할 수 없었다.

"연애는 땅따먹기 같은 거지."
어느날 사장님이 말했다.
"흙을 쌓아놓고 가운데다가 나뭇가지 하나를 꽂잖아? 그리고 먼저 그걸 넘어뜨리는 사람이 지는 거야. 해본 적 있어?"
나는 고개를 끄덕였다.
"처음엔 대범하게 흙을 왕창 끌어오지. 그러다가 흙의 양이 줄어갈수록 점점 겁을 내는 거야. 그래서 점점 더 적은 양의 흙을 가져와. 그러다가 나뭇가지가 쓰러져버리면, 그게 바로 연애가 되는 건데, 영원히 안 쓰러지는 경우도 있지. 겁내다가 그냥 포기해버리는 경우."
그 역시 그 게임을 하고 있다고 생각하니 재밌기도 하고 한편으로는 쓸쓸하기도 했다. 그가 여전히 혼자인 것은 아마도 여전히, 그

나뭇가지가 흔들리지 않고 꽂혀 있기 때문일 것이다. 나는 장난스
럽게 물었다.

"그래서 아직 혼자세요? 나뭇가지가 그대로 꽂혀 있어서?"

"……말하자면 나는 포기하는 쪽보다는, 금방 지루해하는 쪽이
었지."

그는 웃으며 말했다.

"나는 상대방 차례가 되면 그걸 기다려주기가 힘들었어. 왜냐하
면 상대방이 지금 무슨 생각을 하고 있는지, 무슨 생각으로 이 게임
을 시작했는지 관심이 없었거든. 나는 늘 나 자신한테밖에 관심이
없었으니까. 궁금한 게 없다는 건 이기적인 거지. 그리고 그런 식
으로 게임이 끝난다는 건, 애초에 시작하지 않은 거나 마찬가지
야."

그리고 그는 회상이 지나가는 표정으로 말했다.

"없어도 살아졌다면, 살 수 있는 거야."

*

"그런 꿈을 자주 꿔. 아주 커다란 풀장이 있고, 그 안에는 나 말
고 다른 사람은 하나도 없어. 난 태어나서 한번도 수영을 배워본 적
이 없는데도, 어떻게 된 건지 꿈속에서는 태어나서 단 한번도 물을
떠나지 않았던 것처럼 유유히 헤엄쳐다니는 거야. 뭐랄까, 엄마 뱃
속에 들어가 있는 느낌 같은 거. 아가미가 달린 것처럼, 공기중에

머리를 내놓지 않고도 충분히 호흡하고, 아주 편안해하고 있었어, 나는."

그녀는 공원 벤치에 눕다시피 앉아서 마치 지금 물속에 잠겨 있는 것처럼 두 눈을 지그시 감고 있었다. 아주 평온한 표정이었다. 나뭇잎 사이로 요동치는 햇살이 그녀의 얼굴을 간질였다. 나는 신발을 벗고 책상다리를 하고 앉은 채로, 그런 그녀를 눈부신 듯 바라보았다.

그녀는 크림색의 헐렁한 민무늬 티셔츠를 입고, 찢어진 청바지의 밑단을 접어올려 발목을 드러내고 있었다. 그리고 때묻은 베이지색 스니커즈에는 어제의 커피자국이 선명했다.

"초코파이 먹고 싶다."

물고기가 눈을 번쩍 뜨더니 갑자기 소리쳤다.

"……고백받았지?"

그녀가 고개를 끄덕였다.

"거짓말했어."

"알아. ……왜 그랬어? 너도 맘에 든다며."

"………"

그녀는 아무 말 없이 미간을 찡그린 채 신경질적으로 가방에서 담뱃갑과 라이터를 꺼냈다. 그리고 담배 한 개비를 입에 물고 불을 붙였다. 그녀는 한 모금을 깊이 빨더니 내뿜은 담배연기 사이로 말했다.

"너, 여행에서 가장 중요한 원칙 하나가 뭔지 알아?"

나는 고개를 저었다.

"여행지에서의 인연은, 그곳에 두고 올 것."

그녀는 한 모금을 더 빨았다.

"난, 내가 그냥 이곳을 여행하고 있다고 생각해. 그래서 난 이제껏 모두를, 그냥 여행하듯 만나왔어. 언제든 헤어질 사람, 그런 전제로."

"왜 굳이 그래야 하는데?"

"그래야 가벼우니까."

"………"

"여행지에서 중요한 또다른 원칙 하나가 뭔지 알아?"

나는 또 고개를 가로저었다.

"짐은 최대한 가볍게 할 것."

그녀는 담배꽁초를 바닥에 눌러껐다.

"……나도 J가 좋아. 가능하다면 배낭에 몰래 넣어서 데려가고 싶을 정도로. 하지만 누군가를 정말로 그렇게 할 수는 없다는 걸 아는 이상, 단 한번도 내 것이 아니었던 것처럼 그냥 거기 두고 와야 하는 거야."

"………"

"그 사람을 기념할 수 있는 어떤 물건도 마찬가지야. 나중에 보면, 이런 게 왜 내 가방에 들어 있지, 하게 된다고."

"………"

"반짝거릴 때 계속 반짝거리도록 두고 오는 게 낫겠어, 쓰레기로 만드는 게 낫겠어? 길가의 꽃이 예쁘면 그냥 두는 게 낫겠어, 꺾어오는 게 낫겠어?"

그녀가 꼬마에게 타이르듯이 말했다. 나는 꼬마처럼 투정했다.

"꽃을 뿌리째 옮겨심으면 되잖아. 레옹이 들고 다니는 화분처럼."

"……뭐야, 넌. 방금 얘기했잖아. 무겁게 화분을 들고 다니란 말이야?"

"하지만, 그럼 아무 의미가 없잖아."

"어떤 의미?"

"누군가가 누군가를 만났다는 의미."

그녀는 순간 노인처럼 웃었다.

"그런 게 어딨어. 그냥 그걸로 된 거야. 화분의 무게도 즐겁게 감당할 수 있을 정도로, 그렇게 묵직한 인연은 없어. 추억 같은 건 나프탈렌같이 점점 작아지다가, 결국엔 사라지는 거야. 그냥 한번 엇갈렸단 것만으로도 감사한 거지."

"……그럼 난?"

나는 최종진단을 기다리는 말기환자처럼 시들시들한 목소리로 물었다. 그녀는 그런 나를 빤히 바라보더니 말했다.

"……너에게 많은 걸 이야기했지만, 모든 이야기를 하지는 않았어. 여행지가 아닌 곳에서 만났다면 또 달라졌겠지."

"그래, 너에겐 모든 곳이 여행지잖아."

내가 항의하듯 말했다. 그녀는 대꾸하지 않고 담배 한 개비를 더 꺼내어 불을 붙이더니 내게 건넸다.

"담배 피워볼래?"

내가 고개를 가로젓자 그녀는 그것을 자신의 입에 물었다. 담배 한 개비가 더 타들어가는 동안 우리는 침묵했다. 우리는 처음부터 알고 있었기 때문에 침묵했다. 네가 없어도 내가 살 수 있다는 것, 그리고 그것은 언제나 그렇다는 것. 파란 하늘로부터 햇빛이 빗방울처럼 뚝뚝 떨어졌다. 그녀가 문득 입을 뗐다.

"나 피씨방 그만뒀어."

"어, 정말?"

"까페도 이번주까지만 일하기로 했어."

"……떠나려고?"

응, 하고 그녀는 고개를 끄덕였다.

그럼에도 불구하고

선명하게 기억한다.

그날 새벽, 문득 눈을 떴을 때는 네시가 채 안되어 있었다.

빗소리 때문에 깬 것이 아니라고 믿고 싶었지만 확신할 수는 없는 것이, 정말 중부지방의 주민들을 다 깨우고도 남을 천둥과 번개가 치고 있었다. 빗소리를 들으니 왠지 목이 말랐다. 냉장고 문을

열고 1.5리터 생수병을 꺼내, 통째로 들고 콸콸 들이부었지만 갈증
은 여전했다.

다시 누워서 꾸역꾸역 잠을 청해보았지만 의식은 점점 더 또렷
해졌다. 나는 그만 잠들기를 포기하고 자리에서 일어났다. 책상의
책들을 옆으로 대강 밀어놓고 그 자리에 걸터앉았다. 커튼을 걷고
창문을 활짝 열었다. 창문에 한껏 몸을 기대고 있던 빗소리가 순식
간에 방 안으로 쏟아져들어왔다.

남산타워는 여전히 묘한 색깔로 빛나고 있었다. 번개가 어두운
하늘을 수십개 수백개로 쪼개고 또 쪼갰다. 나는 그 잔상을 오랫동
안 눈으로 좇았다. 영원히 끝나지 않을 것만 같은 그 놀이를.

*

그렇게 하루종일 쏟아질 줄 알았던 비는 아스팔트 바닥으로 스
미지 못하는 후텁지근한 습기만을 남기고 그쳐버렸다. 아무리 에
어컨을 틀어도 더웠다. 와이셔츠가 축축하게 젖은 회사원들이 문
밖에서 시위하듯 담배를 피워댔다. 사장님은 하루종일 아무 말도
없었고, 물고기는 나타나지 않았다. 숨쉬기가 답답한 오후였다.

퇴근준비를 하러 창고에 들어갔다. 유니폼을 벗어 옷걸이에 걸
고, 플라스틱 의자에 놓아두었던 가방을 어깨에 멨다.

"가보겠습니다."

사장님은 아무런 대답이 없었다. 나는 평소처럼 그러려니 하고 그냥 돌아서서 나왔다. H와도 안녕하고 딸랑, 문을 열고 나서는데, 사장님이 어느새 뒤따라나왔다. 그는 내게 잠깐만 있어보라고 하더니, 담배 한 개비를 입에 물고 불을 붙였다.

그는 담배연기를 아주 천천히, 길게 내뿜었다. 공기중에는 니코틴 포함, 이 일대 직장인들이 뿜어낸 갖가지 불쾌감들이 떠다니고 있었다. 이걸 측정한 것이 바로 불쾌지수일 거라고 나는 멍하니 생각했다.

그가 마지막 한 모금을 길게 내뱉더니 그제야 입을 열었다.

"사고가 났다."

그날 새벽, 내가 하염없이 창밖을 내다보고 있던 그 시각에, J가 타고 있던 승용차가 빗길에 전복되었다. 위치는 경부고속도로의 어느 지점. 그는 조수석에 있었고, 운전석에는 젊은 여자가 타고 있었다.

차는 형체를 알아볼 수 없을 정도로 부서졌고, J는 사망했다. 운전석의 여자는 일단 살아 있지만 어떻게 될지는 알 수 없다. 나는 지독한 예감에 몸을 떨었다.

그는 이 모든 이야기를 지나치게 침착한 목소리로 전달했다. 마치 라디오 아침방송에서 주식정보를 전하는 사람처럼, 아무런 동요 없는 목소리였다. 이윽고 그가 이야기를 마쳤다. 혹은 아무 소리도 들리지 않았다. 순간이 멈췄다. 나를 포함한 모든 것이 그대로 얼어붙었다.

얼마나 지났을까, 갑자기 거리의 소음들이 한꺼번에 귓속으로 밀려들어왔다. 나는 다리에 힘이 풀려 그대로 그 자리에 주저앉았다. 사람들이 우리를 이상한 눈빛으로 쳐다보며 지나갔다.

모든 순간들이 지나치게 반짝반짝했다. 마치 어느 좋은 날 냇가에서 주워온 돌멩이처럼. 이제는 더이상 아무런 빛이 안 나고, 심지어는 어디 있는지조차도 알 수 없다. 더이상은 그것을 간직할 수도, 잃어버릴 수도 없다.

*

그럼에도 불구하고, 장마는 끝났다.

산다는 것은 '그럼에도 불구하고'라는 말을 배우는 데 그 에너지의 9할을 소진한다. 그리고 나머지 1할로 그 말을 살아낸다 — 고, 나는 단지 그것만을 생각한다. 말하자면 나는 이런 상태였다:

아이팟을 꺼냈는데 이어폰이 없다. 휴대폰은, 내가 그것을 갖고 있다고 깨닫는 드문 경우마다 배터리가 없다. 잃어버렸다고 생각했던 나비 모양의 귀걸이는, 바지 주머니에 든 채로 세탁기에 세 번

이상 다녀갔다. 어느날 밤엔 현관문을 활짝 열어놓고 잠들었다.

화장실에 가면 언제나 불이 켜져 있다. 이번엔 꼭 꺼야지 마음먹어도, 다시 가보면 여전히 켜진 채였다. 칫솔에다 폼클렌저를 짜기도 하고, 샤워볼에다가 바디클렌저 대신 샴푸를 펌핑하기도 했다.

뇌가 마치 일종의 진공상태에 있는 것처럼, 그 어떤 것의 영향도 받지 않고 드넓은 우주를 둥둥 떠다녔다. 기계적으로 출근해서 기계적으로 일했다. 그러나 하루 정산을 마치고 나면 언제나 터무니없이 많은 액수가 모자라거나 남아 있었다. 그런 내게 사장님은 별다른 말이 없었다.

*

장마가 끝난 뒤 며칠 동안은 무더운 날씨가 계속되었다. 그러다 갑자기 후드득, 거짓말처럼 비가 쏟아지기 시작했다. 아스팔트 바닥도 뚫을 것처럼 세찬 빗줄기였다.

사장님은 어김없이 밖으로 나가 비 내리는 모습을 바라보며 담배 한 개비를 피웠다. 그러고는 내게 라이터를 건네주면서 입을 열었다. J의 사고 소식 이후로 처음 나누는 대화였다.

"내가 뭐랬냐. 정 주지 말랬지."

그가 내 눈을 보지 않고 덧붙였다.

"그만하면 살 만큼 살았어."

순간, 나 스스로 견딜 수 없을 정도로 그가 미웠다. 분노로 턱이 덜덜 떨렸다. 나는 하얗게 질린 얼굴로 그에게 말했다.

"어떻게 그런 식으로 말씀하실 수가 있어요?"

"……웬만큼 살았으면, 죽을 수도 있는 거다."

"그런 말씀 하실 자격 없으세요."

내 목소리가 심하게 떨렸다.

"어째서?"

"살아 있으니까."

나는 거의 악을 쓰듯 소리쳤다.

그는 잠시 아무 말 없이, 표정없는 시선으로 나를 바라보더니 이윽고 몸을 돌려 사무실로 들어가버렸다. 나는 몸의 떨림이 진정될 때까지 눈을 감고 천천히 심호흡을 했다.

그는 만나고 헤어지는 것마저 자신의 영역 안에 있다고 생각하고 있었다. 나는 처음으로 그가 불쌍했다. 걸레를 접듯 관계를 접을 수는 없다. 처음부터 끝까지 그렇게 당신 자신일 수는 없다. 그는 지독한 모순 속에 놓여 있는 것이다.

퇴근시간이 가까워서도 여전히 비가 오고 있었다. 창고에 들어가 유니폼을 벗고 가방을 주섬주섬 챙겼다. 창고 안에는 묘한 느낌의 공기가 흘렀다. 갑자기 사장님이 나를 보고 말했다.

"우산 있어?"

"아뇨."

그가 자리에서 일어나더니 플라스틱 의자 뒤쪽에 놓인 기다란 체크무늬 우산을 꺼내 내게 내밀었다.

"쓰고 가라."

"없어도 돼요."

"쓰고 가."

그는 억지로 내게 우산을 쥐여주었다.

나는 결국 그가 준 체크무늬 우산을 펼쳐들고 강남대로를 걸었다. 세 사람은 족히 들어갈 법한 파라솔만한 우산이었다. 빗방울이 우산에 부딪치는 소리가 과장되게 들려왔다.

역 입구 가까운 곳에서, 나는 가로수 아래 도로변에 날개를 펼친 채로 죽어 있는 비둘기 한 마리를 보았다. 그 소란한 아우성을 들었다. 오히려 조용한 것은 살아 있는 쪽인가. 살아 있는 것들의 소음은 그만큼의 파장을 만들어내지 못한다고, 적어도 나는 그렇게 생각했다.

나는 강남역 화장실에서 문을 걸어잠그고 한참을 앉아 있었다. 얼마나 긴 시간이 흘렀는지 알 수 없었다. 똑똑, 노크소리가 나고서야 문득 정신을 추슬렀다. 나는 자리에서 일어나 사장님이 준 그 커다란 우산을 쓰레기통에 버렸다.

나는 이어폰도 꽂지 않고, 책도 펼치지 않은 채로 멍하니 빈 좌석에 앉아 있었다. 속이 울렁거렸다. 무언가가 내 몸 가득히 들어

차 있어서, 조금이라도 틈을 보이면 왈칵 쏟아져나올 것 같았다.

그때 마침 지하철 행상 아저씨가 지나갔다. 그는 M이 내게 선물한 그 까다로운 토마토를 팔고 있었다. 그는 몹시 홍겨운 몸짓으로 지하철 문에 그것들을 하나씩 던졌다 떼어내며 지나갔지만, 사는 사람은 아무도 없었다.

*

역을 나서니 여전히 비가 내리고 있었다.

빗방울은 그동안 굶주렸다는 듯 제법 세차게 떨어졌다. 우산이 없는 사람들은 선뜻 길로 나서지 못했기 때문에 출구가 붐볐다. 혹은 우산을 들고 올 누군가를 기다려야 했으므로.

나는 우산을 갖지 않은 것과 마찬가지로, 우산을 들고 마중 나올 그 누구도 갖지 못했으므로, 쉽게 빗속으로 나섰다. 비가 오고, 이렇게 종종 우산이 없을 때면 나는 빗속을 걸어야 한다고, 뛰거나 머리를 가리거나 처마 밑으로 피하지 않아야 한다고 느낀다.

그리고 어김없이 M을 생각했다. 그는 창밖에 내리는 비를 보고도 우산 없이 집을 나서는 사람이다. 비가 올 때 내 우산이 아닌 그의 우산 밑에 함께 있어보기는 힘들겠지. 함께 비를 맞거나 함께 비가 그치기를 기다리는 것은 그다지 좋지 못할 것 같다.

만약 내가 원하기만 한다면 그는 금방이라도 우산을 들고 나를 마중 나올 것이다. 나는 알고 있다. 하지만 그 우산은 나를 위한 것이지 우리를 위한 것은 아닐 것이다. 그것 또한 알고 있다. 그는 늘 우산 밖에 있을 것이다. 적어도 한쪽 어깨는 비에 흠뻑 젖을 것이다. 그의 젖은 어깨는 더이상, 다정하지 않다.

어느 비 내리던 날 교수님이 이렇게 말했다.
"비라는 게, 우리를 총체적으로 흔들지 않나요? 비 내리는 모습, 비냄새, 빗소리, 피부에 닿는 느낌이랄지."

총체적으로 흔들리며, 걸었다.

쏟아져 넘치는 비에 발이 젖었다. 앞머리는 이마에 달라붙고, 카키색 티셔츠는 짙은 도트무늬를 얻었다. 몇개의 기억을 떠올리고 몇개의 문장을 생각했다. 그런 식으로 하루가 기우는 것에 동의한다. 모든 하루에 출구란 없는 것이다. 모든 관계에도.

그저 우리는 하나의 문을 열고 들어가 잠시, 혹은 퍽 오래 걷다가 막다른 골목과 만날 뿐이다. 그리고 왔던 길을 되돌아가서는 그 문을 다시 열고 나오는 것이다. 입구가 출구이기도 하다는 것을 모른 채, 우리는 우리가 본 막다른 골목과 거기 이르는 길의 풍경에 대하여 이야기할 것이다. 그리고 출구는 없었다,고.

찰랑찰랑

자정이 지나자 평소처럼 맥주가 마시고 싶어졌다.

지갑을 챙겨 집을 나서려다가, 문득 책장에 올려두었던 M의 토마토가 눈에 들어왔다. 나는 그것을 집어들어 문에 붙은 커다란 거울에다 힘껏 던졌다. 토마토는 잠시 내 왼쪽 가슴께에 커다란 붉은 얼룩을 만들었다가는 맥없이 툭, 떨어졌다. 나는 그것을 주워 다시 책장에 올려놓았다. 먼지가 많이 묻어 있었다.

비는 그쳤지만 모든 게 젖어 있었다. 가로등 불빛이 경사진 골목길을 따라 천천히 흘러내려가고 있었다. 펍의 테라스 테이블마다 옹기종기 모여앉은 이방인들은 평소보다 축축한 목소리로 이야기했다. 나는 그들을 지나쳐 씩씩하게 걸었다.

육교 위에 이르렀을 때, 나는 깜짝 놀라 걸음을 멈추었다. M이 난간에 비스듬히 몸을 기댄 채 서 있었다.

"어떻게 된 거야?"

"계속 기다렸어, 요 며칠."

그가 애써 밝은 목소리로 말했다. 얼굴이 좀 야위어 있었다.

"맥주 사러 가는 거야?"

"응."

"……그러지 말고 어디 안 갈래?"

“어디?”

“가고 싶은 데.”

나는 잠시 머뭇거리다가 조그만 소리로 말했다.

“……바다.”

그는 아무 말 없이 내 팔을 잡아끌더니 육교를 내려갔다.

*

잠시 후, 우리는 근처 조개구이집에 앉아 있었다.

M은 모듬조개와 소주 한 병을 주문했다. 곧 아주머니가 갖가지 조개가 담긴 커다란 양동이를 들고 나타났다. 그가 소주병을 집어 들어 뚜껑을 따고는 내게 잔을 받으라는 손짓을 했다. 나는 고개를 저었다.

“넌 왜 안 마셔?”

“맛없어.”

소주를 몹시 사랑하는 그는 어이없다는 듯 물었다.

“소주가 맛이 없다고?”

“응, 너무 달아.”

그는 보일 듯 말 듯 웃더니 내 잔을 가져가 자신의 잔과 나란히 놓았다. 그리고 일종의 의식을 치르듯 엄숙하게, 한 방울의 오차도 없이 두 개의 잔에 가득 소주를 따르더니, 조심스럽게 내 잔을 원래 자리로 되돌려놓았다. 그러고는 건배를 바라지도 않고 단숨에 자기 몫을 들이켰다. 그는 캬, 하는 소리 대신 그런 표정만을 지었다. 그가 조개들을 가리키며 말했다.

"먹어."

조개들은 다 익었다는 신호로 입을 쩍쩍 벌렸다. 우리는 파도소리만이 들리는 조용한 바닷가에 앉아 있는 사람들처럼, 별다른 얘기 없이 열심히 조개들을 먹어치웠다. 그는 소주를 한 병 더 주문했다. 시간은 마치 술에 취한 것처럼 비틀거리며 흘러갔다.

잠시 후 그가 마지막 가리비를 내 접시에 올려놓는 순간, 나는 어째서인지 울음을 참을 수가 없었다. 단 한번도 내 몫이 아니었다고 생각했던 눈물이, 아주 오랜만에 집을 찾아온 불효자처럼 왈칵 쏟아졌다. 조개구이집 바닥에는 바다의 짠내를 닮은 눈물이 발목까지 찰랑찰랑했다. 소주잔에도 찰랑찰랑했다.

백만번쯤 흔든 샴페인병의 코르크마개를 딴 것처럼, 백만년쯤 파내려가 마침내 수원에 닿은 깊은 우물처럼, 한 방울의 눈물이 발생한 순간으로부터 나는 도저히 멈출 수가 없었다. 그것은 내 의지 밖의 일이었다. 나는 소리내어 펑펑 울었다. 손님들이 힐끗힐끗 우리 쪽을 쳐다보았다.

M이 자리에서 일어나더니 카운터로 가 계산을 했다. 그리고는 다가와서 조심스럽게 내 어깨를 감싸안고 일으켜세웠다. 나는 그의 가슴팍에 머리를 기대고, 그가 이끄는 대로 흐느끼면서 걸었다.

그의 옷이 젖었다.

그의 심장박동이 내 머릿속을 울린다. 편안하다. 엄마 뱃속같이 아늑하다.

나는 양수 속을 흐느적대며 울었다.

꼭 그만큼 울어야, 세상에 나올 수 있을 것 같다.

순간 그가 조용히 내 머리카락을 쓸어넘겼다. 거칠고 따뜻한 손이었다. 딸꾹질이 멈추듯 눈물이 뚝 그쳤다. 하늘을 올려다보았다. 가로등 불빛 아래로 보일 듯 말 듯 가는 빗방울들이 부서지고 있었다. 나는 그 순간 그 손의 감촉을, 그 체온을, 그 눈물의 농도를 가능한 한 마음속 깊이 새겨두고 싶었다.

오랜 시간이 지난 뒤 침대 밑에서 우연히 발견하는 낡은 필름통처럼, 설사 잃어버리고 또 잊어버리더라도 결코 지워지지 않을 하나의 상으로 맺히게 하고 싶었다. 하지만 나는 그 순간을 도무지 붙잡을 수가 없었다.

*

그는 택시를 잡아 나를 먼저 태우고는 자신도 탔다. 목적지를 말한 뒤로는 택시기사를 포함해 셋 모두 아무런 말이 없었다. 전자시계의 초록색 불빛은 새벽 세시를 나타내고 있었다. 취기인지 졸음

인지 알 수 없는 몽롱한 안개 같은 것이 의식 한가운데 둥둥 떠 있
었다.

조금 후에 돌아보니 M은 내 쪽으로 고개를 돌려 기댄 채, 두 눈
을 감고 고른 숨을 내쉬고 있었다. 나는 나도 모르게 그의 감은 눈
에 가만히 손을 대보았다. 굵은 속눈썹과 짙은 눈썹도 천천히 쓸어
보았다. 그리고 약간 휘어진 콧대를, 웃음을 모르는 굳게 다문 입술
끝을, 조용히 만져보았다.
　그가 천천히 눈을 떴다. 그리고 나를 가만히 바라보았다. 나는
그 시선의 깊이를 가늠할 수 없어 어지러웠다. 그것은 아무것도 전
달할 수 없었다. 우리는 아주 깊은 물속 같은 농밀한 침묵 속에 있
었다.

어느새 택시는 집앞에 도착해 있었다. 그가 요금을 치르는 동안
나는 택시에서 내려 가방에서 열쇠를 꺼냈다. 그도 곧 따라 내렸
다. 그러고는 담배 한 개비를 꺼내 불을 붙였다. 나는 그가 한 모금
을 내뿜기 전에, 그의 담배냄새가 내 코에 닿기 전에 돌아서리라 생
각했다.
　"그만 가요."
　그에게서 뒤돌아서서 나는 크게 한번 심호흡을 했다. 그러고는
천천히 계단을 올라가기 시작했다. 하지만 계단은 어째서인지 점
점 더 가팔라지고 마구 흔들렸다. 나는 태엽이 풀린 인형처럼 그 자

리에 주저앉았다. 구토감이 밀려왔다.

문득 정신을 차려보니 나는 공중에 들려 있었다. 약간의 현기증이 느껴졌다. 그는 위태로우면서도 조심스럽게 나를 침대에 내려놓았다. 나는 눈을 뜨기에는 이미 늦었다는 생각을 하고 있었다. 그는 주섬주섬 홑이불을 끌어당겨 내 몸을 덮어주었다. 잠시 먹먹한 침묵이 흘렀다.

나는 어쩌면 오늘 하루는 전부 꿈이었고, 지금 눈뜨면 여느 때처럼 방 안은 형체를 분간할 수 없는 어둠으로 가득 차 있을 뿐인지도 모른다고 생각했다. 그때 갑자기 그가 고개를 숙여 내 볼에 이마를 갖다대었다.

나는 조금 전 만져보았던 그의 굵은 속눈썹과 약간 휘어진 콧대를 오른쪽 뺨에 느꼈다. 따뜻했다. 미지근한 숨에 섞인 소주냄새와 레종 멘솔의 냄새가 내 코로 흘러들어왔다.

나는 살며시 눈을 떴다. 그는 마치 기도하는 듯한 자세로 침대 곁에 무릎을 꿇고 앉아 있었다. 얼마나 시간이 흘렀을까. 이윽고 그가 천천히 고개를 들었다. 그리고 아주 잠시, 내 눈을 바라보았다.

그러고는 아무런 표정의 변화도 없이, 마치 내가 눈을 뜨고 있다는 걸 깨닫지도 못한 것처럼 천천히 몸을 일으켰다. 잠시 후 현관문이 조용히 닫히는 소리가 들렸다. 계단을 내려가는 잔잔한 발소리도 사라져갔다.

오른쪽 광대뼈 언저리가 마치 마취가 풀리는 것처럼 얼얼하게 되살아났다. 그리고 나는 스스로 눈을 뜨고 있는지 감고 있는지도 알 수 없는 짙은 어둠속에 홀로 남겨졌다.

그 밤의 어둠은 마음을 가라앉히는 그런 평온한 종류의 어둠이 결코 아니었다. 그것은 점점 부풀어올라서 방 안을 가득 채우고, 마침내는 아주 거대한 무게로 내 몸 전체를 짓눌렀다. 나는 숨을 쉴 수도, 심지어 고개를 돌릴 수도 없었다.

*

다음날 나는 결근했다.

지난밤 전체를 몇번에 걸쳐서 다 게워내고도 가만히 누워 있을 수 없을 정도로 끙끙 앓았다. 문득 정신을 차리고 보니 어느새 해가 뉘엿해지고 있었다. 휴대폰을 들여다보았다. 사장님에게서 부재중 전화가 단 한 통 와 있었다. 나는 통화버튼을 눌렀다.

"여보세요."

"……저예요."

"어떻게 된 건지 한마디로 말해봐."

"……아팠어요."

그는 그렇다면 오늘만 일할 수 없었던 정도로 아픈 건지, 아니면 앞으로 죽 일할 수 없을 정도로 아픈 건지 물었다. 나는 후자라고 대답했다. 조금도 망설이지 않았다. 그가 전화를 끊었다. 그 역시 조금도 망설이지 않았다.

나는 천천히 몸을 일으켰다. 약 스무 시간 만에 두 발로 바닥을 디뎠다. 마치 아주 오랜 비행 끝에 땅을 밟는 것처럼, 약간 중력에게 거절당한 느낌이었다. 한 발을 내디뎠다. 버스에 타 있는 것도 아닌데 나는 지독하게 흔들렸다.

끼이익, 힘없이 문이 열리자 짙은 비냄새가 문틈으로 슬며시 들어왔다. 나는 슬리퍼를 지익지익 끌고 나가서 플라스틱 의자에 걸터앉았다. 남산타워는 비가 내릴 것을 예감하는 듯 파리하게 몸을 떨고 있었다.

아래층에서 요란한 소리가 들려왔다. 우는 소린지 웃는 소린지 알 수 없었다. 누군가 찰싹, 하고 맞는 소린지 박수를 치는 소린지 알 수 없는 소리도 계속되었다. 한참을 그러고 나서, 주변은 마치 모두가 떠난 뒤의 텅 빈 콘써트장처럼 조용해졌다.

옥탑 아래의 사람들은 모두 분주했다. 그들은 지금 이 시각에도 쉼없이 무엇인가가 되어가고 있었고, 아니면 이미 그 무엇이었다. 혹은 그렇게 믿고 있었다. 그리고 나는 그들의 그 믿음을 존경한다.

얼마 전까지만 해도 나 또한 무엇이든 될 수 있을 것 같았고, 무엇이든 할 수 있을 것 같았다. 그러나 애초에 나는 그것을 꿈꾸어서

는 안되었다. 나는 그저 점점 더 내가 되어가고 있을 뿐이다. 이제
껏 그래왔듯이 앞으로도 계속.

나는 더이상 나의 성장에 저항할 힘이 없다. 나는 자라는 데 지
쳤다.

*

오늘 육교 위에 M은 없었다. 나는 편의점에 들어가 여느 때처럼
캔맥주 두 개와 자갈치 한 봉지를 샀다. 오른손에 든 비닐봉지를 흔
들며 육교를 내려오는데 오른쪽 주머니 속에서 휴대폰이 진동했
다. 들고 있던 봉지를 왼손으로 옮겨쥐고 휴대폰을 꺼냈다.

물고기. 그녀였다. 가슴이 쿵쾅거렸다.
"여보세요?"
그러나 낯선 목소리는 그녀가 아니라 그녀의 어머니였다.
"……안녕하세요."
"……경찰에서 휴대폰이 오늘 도착했어요."
"………"
"마지막으로 통화한 게 그쪽이었어. 그래서 걸었어요."

401, 401, 401…… 병실 호수를 속으로 계속 외면서 돌아왔다.

비닐봉지를 책상 위에 내팽개쳐두고 침대에 얼굴을 묻었다. 401,
401……

담배 한 개비의 시간

버스는 여전히 흔들렸다.
하지만 이상하게도, 오늘의 나는 균형을 잘 잡았다.

나는 생각했다. 어쩌면 나는, 늘 균형을 잡지 못했던 건 아니었
는지도 모른다고. 선천적으로 그렇게 태어난 것은 아닌지도 모른
다고. 그저 가끔씩, 스스로 몸을 가눌 수 없이 흔들려야만 하는 그
런 시기가 오는 걸지도 모른다고. 그것은 일정한 주기를 타고, 리듬
을 타고 반복되는 걸지도 모른다고.

나는 한 손으로 버스 손잡이를 붙잡고, 다른 한 손으로는 책을
들고 있었다. 『슬픔이여 안녕』. 사랑이란, 누군가의 부재가 절실하
게 느껴지는 것, 그렇게 적힌 책장의 한 귀퉁이를 접었을 때, 버스
는 병원 앞 정류장에 도착했다.
햇살이 따가운 오후였다. 그것은 곡식을 익히는 8월의 햇살이었
다. 매미가 방앗간에서 기름을 짜내듯 마지막 한 방울까지 최선을
다해서 울고 있었다. 나를 제외한 모든 것이 새로운 계절을 준비하

고 있다고 느꼈다. 나는 내리쬐는 햇볕에 등을 떠밀리는 느낌으로 천천히 병원으로 향하는 언덕길을 올랐다.

*

병원은 너무나 생동감이 넘쳤기 때문에 나는 생경했다. 환자복이나 흰 가운을 입은 수많은 사람들과 그렇지 않은 사람들이, 마치 높은 난이도의 테트리스 블록들처럼 분주히 움직이고 있었다.

병실이 가까워오자 심장이 제멋대로 마구 뛰었다. 나는 문앞에서 그녀의 이름을 확인한 뒤 병실에 들어섰다. 모두 네 명이 쓰는 병실이었다. 빙 둘러보았지만 한눈에 그녀를 찾을 수 없었다.

그러나 침대 둘은 비어 있었고, 잠들어 있는 걸로 보이는 환자는 할머니였다. 다른 한 자리, 커튼도 뚫을 듯이 진한 햇빛이 들이치고 있는 창가 옆 침대, 그것이 그녀의 침대였다.

나는 눈을 의심했다. 한번에 알아보기 어려웠다.

모든 세포들이 극심한 고통과 싸우고 있는지 몸과 얼굴이 많이 부어 있고, 짧게 깎은 머리에는 새끼손가락 정도 길이의 수술 자국이 남아 있었다. 팔다리 곳곳의 짙은 피멍들과 부러진 손톱. 코에, 입에, 목에, 손목에, 배에 연결된 호스들.

하지만 그녀였다. 아무리 눈을 의심해도, 그녀였다.

어쩌면 물고기는 선천적으로 아가미가 없었던 것이다. 그녀는
자신의 세상에서 호흡할 줄을 몰랐으므로 펄떡거리며 뭍으로 뛰쳐
나왔다. 그리고 완전히 새로운 호흡법을 배워야 했다.

그러나 그녀가 지금 연습하고 있는 이 호흡은, 너무나 가냘프고
필사적이었으므로 나는 그 곁에서 숨쉬기마저 두려웠다. 세상에
존재하는 모든 산소가, 다만 그녀를 위한 것이어야 했다.

"나 왔어."

반응이 없었다. 나는 더이상은 아무 말 없이, 표정 없이, 무작정
그녀를 바라보며 우두커니 서 있었다. 어떤 말도, 어떤 감정도 그
시간과 공간에 어울리지 않았다. 삑, 삑, 그녀의 심장박동을 상징하
기에는 너무나 단조로운 신호음만이 조용한 병실을 가득 메웠다.
얼마쯤 시간이 흘렀는지 알 수 없었다.

"……누구……?"

돌아보니, 물고기를 닮은 그녀의 어머니가 서 있었다. 확실히 그
녀는 어머니를 닮았지만, 어머니는 물고기를 닮지 않았다. 하지만
한때는 분명 생생하게 꿈틀댔을 어떤 생기 같은 것이 두 눈가와 입
가에 화석처럼 새겨져 있었다.

"어제 통화했던…… 친구예요."

그녀는 이제야 알겠다는 표정 대신, 내가 태어나서 처음 보는 표
정을 지었다. 그 표정이 얼굴에 떠오르기 위해서 애초에 잠겨 있었
을 곳은, 내가 닿을 수도 상상할 수도 없을 정도로 너무나도 깊은

곳일 터였다.

“……자고 있어요. 계속.”

그녀가 물고기를 바라보며 말했다. 그러고는 내게 물었다.

“학교 친구인가요?”

“아뇨.”

“……그럼?”

“그냥, 몇달 전에 일하다가 만났어요.”

음, 하고 고개를 끄덕이더니 그녀는 메마른 목소리로 말했다.

“……우리 애를 잘 알았나요?”

“아뇨, 그렇게 많이는……”

“……그런 애예요. 부모라고 다 알 수는 없지만, 그렇다고 해도 조금도 알기 어려운 애죠.”

물고기는 그날 저녁 아주 오랜만에 집에 나타났다. 햇수로 치면 거의 삼년 만이었다. 긴 여행을 하고 돌아온 사람처럼 초췌한 모습이었다. 그녀는 죽 함께 살았던 것처럼 웬일로 식사도 함께하고, 식사 후에는 쏘파에 몸을 묻고 앉아서 깔깔대며 텔레비전을 보기까지 했다.

그러더니 그녀는 뜬금없이 아버지에게 차를 빌려달라고 했다. 부모님은 의아했지만 집으로 돌아오고 싶은 마음이 조금이라도 생긴 걸까 싶어 흔쾌히 차 열쇠를 내주었다고 한다.

그들이 그날밤 그 도로 위에서 왜 함께였는지 나는 알 수 없다. 어쩌면 J와 물고기는 어느 산속의 깊은 절로 향하고 있었을지도 모른다. 혹은, 그녀가 J를 배낭에 넣어가는 대신, J가 자기 몫의 배낭을 메고 함께 떠나기로 결심했던 건지도 모른다. 헤어지지 않기 위해서는 아마도 그게 가장 좋은 방법이었다.

그러나 나는, 남겨졌다.

*

언젠가 그녀가 이런 이야기를 해주었다:

어떤 남자가 꿈을 꾸었다. 그는 하나의 시선이 되어 꿈속의 자신을 지켜보고 있었다. 어스름한 저녁에 집 근처 골목을 걷고 있었는데, 공사중 팻말과 함께 맨홀 뚜껑이 열려 있는 것을 보았다. 꿈속의 그는 그 맨홀 속으로 들어갔다.

지하도는 깜깜했지만 그는 헤매지도 않고 곧장 어딘가로 향하더니 철문 하나를 끼익, 열었다. 그곳은 어느 은행의 지하였는데, 거대한 금고들이 잔뜩 있었다. 꿈속의 그는 비밀번호를 입력하고 금고를 열었다. 거기에는 액수를 가늠할 수 없는 엄청난 돈이 한가득 쌓여 있었다.

잠에서 깨어난 그는 꿈이 너무도 생생해서 놀랐다. 비밀번호 숫

자까지도 정확하게 기억나는 것이었다. 그는 친구들에게 얘기했지만 아무도 믿어주지 않았다. 물론 그 자신도 믿지 않았다.

그런데 집으로 돌아오는 길 골목에, 꿈속과 똑같은 공사중 팻말과 함께 맨홀 뚜껑이 열려 있는 것을 보았다. 그는 두근거리는 가슴으로 맨홀 속으로 들어갔고, 꿈속에서처럼 철문을 열었다. 그 안에는 정말로 금고가 있었다. 비밀번호를 기억해내어 금고를 열자, 역시 돈이 한가득 쌓여 있었다. 그는 주체할 수 없이 기뻤다.

"그래서, 그 돈 때문에 결국엔 행복해졌다는 이야기야?"

내가 물었다.

"들어봐. 돈을 막 꺼내려고 하는데, 그에게는 조그만 가방밖에 없었어. 이럴 줄 알았으면 큰 자루를 가져오는 건데, 하고 생각했지. 일단 가져갈 수 있는 만큼만 가져가자, 하고 돈뭉치 몇개를 가방에 넣고 돌아나오려는데, 등뒤에 경찰이 쫙 깔려 있었어."

"전혀 무슨 이야기인지 모르겠어."

"그러니까, 가끔은 기억이란 게 아무 쓸모가 없는 건지도 모른다는 생각이 들어. 한번 사랑이 슬펐던 사람은, 다음 사랑도 역시 슬플 거라고 예상하지. 하지만 다음 사랑은 슬플 수도 있고, 슬프지 않을 수도 있어."

그녀는 잠시 말을 멈추고 슬픈 듯한 표정을 지었다.

"설사 내가 다시 태어났을 때 전생의 모든 걸 기억할 수 있다고 해도, 그렇다고 해도 역시 잘 살아낼 수는 없을 것 같은 기분이 들어."

우리는 잠시 침묵했다. 그녀는 나의 침묵을 나름대로의 이해의 표현으로 받아들였는지 모르지만, 난 사실 그녀의 말을 이해하지 못했다. 나는 그저 그녀와 그 침묵을 공유할 수 있다는 사실에만 감동했었다.

"그래서 난 말야."

그녀가 말을 이었다.

"다음 생에서 절대 흉내낼 수 없는 인생을 살 거야."

오늘 나는, 그녀와 공유할 수 있는 새로운 버전의 침묵으로 이야기했다.

— 이걸로 충분해. 몇번을 거듭한대도 도저히 따라할 수 없을 만큼.

나는 기억이란 아무런 쓸모가 없는 것이라고 생각한다. 기억의 파편들을 조각조각 붙여도, 예전의 그 모습은 돌아오지 않는다.

기억이란 불완전한 것이다. 내가 한번도 살아볼 수 없었던 미래와 마찬가지로. 나는 나의 기억들을 책에서 읽는 것처럼 읽는다. 그것들은 마치 내 것이 아닌 것처럼, 자신만이 아는 언어로 이야기한다.

그러나 지금 이 순간만큼은 완벽하다. 이 순간에는 아무것도 결여되어 있지 않다. 나는 아무것도 후회하지 않고, 아무것도 기대하지 않는다.

내가 지금 손가락으로 짚어가며 읽고 있는 과거의 시간들은, 내 의지로는 깨어날 수 없는 마법 같은 순간들의 집합이었다. 지금에 와서는 그것을, 마법보다는 일종의 마취처럼 느끼더라도.

나는 지갑에 넣고 다니던 페와 호수의 사진을 꺼내 침대 머리맡에 붙은 플라스틱 보드에 끼워넣었다. 언젠가 깨어나면 그녀도 이 긴 잠을, 그저 하나의 진한 마법처럼 느끼기를 바랐다.

나는 그녀의 얼굴을 내려다보았다. 언젠가 보았던, 깊은 물속에서만 지을 수 있는 그런 고요한 표정이었다. 그녀에게 필요했던 것은 사람의 공기가 아니라, 그저 하나의 아가미였는지도 모른다. 아가미를 갖게 되면 그녀는, 이제껏 그 누구도 가보지 못한 깊고 먼 바다의 이야기를 내게 들려줄 것이다.

*

병원에서 돌아오는 길에 나는 딸랑, 하고 편의점 문을 열고 들어갔다. 나는 망설임없이 카운터로 다가가서 말했다.
"말보로 라이트 한 갑 주세요."
나는 예의 그 플라스틱 의자에 걸터앉았다. 남산타워는 아주 오래된 한 그루의 나무처럼 오늘도 그곳에 서 있었다. 맑지도 않고 구름도 없는 어중간한 잿빛 하늘로부터, 붉은 석양이 어슴푸레한 경계를 만들고 있었다. 나는 처음으로 그것을 아름답다고 느꼈다.

조심스레 담뱃갑의 비닐 포장을 벗겨낸 후, 나는 담배 한 개비를 꺼내어 입에 물었다. 그러고 나서야 알았다. 내게는 라이터가 없다는 것을. 나는 담배를 입에 문 채로 후후, 소리내어 웃었다. 담배가 윗입술에 달라붙어 내가 웃을 때 따라서 흔들흔들, 했다. 그래서 좀 더 웃어야 했다.

나는, 울 필요가 없는 것이다.

비 오는 날에는 우산을, 청춘의 시간에는 담배를

강지희

켜켜이 쏟아지는 햇빛 속을 단정한 몸짓으로 지나쳐
가는 아이들의 속도에 가끔 겁나기도 했지만
빈둥빈둥 노는 듯하던 빈센트 반 고흐를 생각하며
담담하게 담배만 피우던 시절
— 진은영 「대학 시절」 중

1. 불안은 사랑을 잠식한다

"가난하다고 해서 사랑을 모르겠는가." 1980년대 발표된 신경
림의 「가난한 사랑 노래」는 가난 속에서 모든 걸 버려도 사랑만은
버릴 수 없음을 절박하게 고백했다. 이로부터 20년이 더 지난 지
금, 사랑은 "공기중으로 흩어지는 담배냄새"(89면)처럼 무게 없이
가볍고 일회적으로 소모되는 것이 된 듯 보인다. 현실의 무게에 짓
눌린 회색빛의 청춘들에게 사랑은 이미 지나갔거나 아직 오지 않
은 채로, 부재로서만 존재하는 어떤 것이다.
　소설은 대학을 휴학하고 강남의 한 편의점에서 알바를 하는

'나'와 취업준비생인 대학선배 'M', 같은 편의점에서 7년째 일하는 중인 'J'와 편의점 옆 까페에서 일하는 '물고기', 이렇게 네 사람을 둘러싸고 이루어진다. 우리 주변 대다수의 20대처럼 휴학생이거나 취업준비생인 이들은 아마도 평범한 회사원이 될 확률이 가장 높지만, "줄곧 아무것도 하지 않아왔"고 "하고 싶은 것도, 되고 싶은 것도 없"(44면)기에, 영악하게 사회로 진입하고 살아남기 위해 애쓰기보다는 어른이 되기를 유예하며 제자리걸음 중이다. 이들이 옥탑방, 고시원, 반지하에서 살며, 까페, 편의점, 피씨방과 같은 "최저임금의 경계"(91면)에서 일한다는 점을 감안해볼 때, 이 소설은 우리 시대 핫이슈가 된 '88만원세대'를 그리는 '세태소설'로 보이기도 한다. 그러나 이러한 시각은 이 소설을 제한된 독법으로 읽게 만든다. 이보다 더 중요한 것은 이들의 '사랑'이다. 소설에서 이들의 사랑은 자꾸만 엇갈리고 있고 그 이면에는 사랑을 거부하려는 모종의 의지가 작동하고 있다. M은 1년 전 아무런 말도 없이 '나'를 떠나간 전력이 있고, 다시 우연히 만난 둘은 연인처럼 서로를 챙겨주고 고민을 나누면서도 상대가 "어떤 사람인지 모르겠어"(134면)라고 말하며 어려워하다가, 종국에는 "어쩐지 소모된 느낌"(135면)을 받는다. 서로를 맘에 들어하는 J와 물고기도 사정은 마찬가지인데, 물고기는 사랑을 고백해온 J에게 자신이 결혼했다고 거짓말을 한다.

마치 관계공포증에라도 걸린 듯이, 타인으로부터 적절한 거리를 유지하기 위해 애쓰는 이들은 청춘에게 도대체 무슨 일이 생긴 것인지 묻게 한다. '사랑밖에 난 몰라'를 외쳐도 부족할 청춘들이 어쩌다 이렇게 건조한 삶을 살게 된 것인가. 해방을 위해서, 혁명을 위해서, 가난에서 살아남기 위해서 사랑을 뒤로 미뤄야만 했던 과거와 달리, 21세기에 이들의 사랑을 가로막는 것은 아무것도 없어 보이기에 이 의아함은 더욱 커진다. 편의점 사장님의 씨니컬한 연애론—"연애는 땅따먹기 같은 거지"(144면), "없어도 살아졌다면, 살 수 있는 거야"(145면) — 은 흥미롭지만 뒤로하고, 사랑하기를 거부한 M과 물고기의 변명을 직접 들어보자면 이렇다. "그냥 좀. 겁에 질려 있던 시기였어"(83면) "여행지에서의 인연은, 그곳에 두고 올 것."(147면) 익숙한 것들과 결별해 너무 빨리 기성세대가 되어버릴까 두렵고, 감당하기 어려울 정도로 묵직한 인연을 만드는 것이 두려운 이들은 애초에 관계에 대한 기대를 모두 접기를 선택한다. 이들이 지닌 내면의 불안은 이미 사랑으로 상쇄될 수 없을 만큼 압도적이며, 사랑은 사치라서 불가능한 것이 아니라, "네가 없어도 내가 살 수 있다는 것"(149면)을 처음부터 알고 있기에 시도 자체가 무의미한 것이다. 이들은 사랑할 수 있는 능력을 상실했다기보다, 사랑 따위는 내던지고 앞만 보고 내달려야 살아남을 수 있는 사회의 씨스템에 기꺼이 훈육되기를 원하기에 사랑을 부인한다. 그러니 현실의 무게를 사랑으로 돌파하고자 하는 소설들의 안온함을 비판할 수 있었던 시기는 차라리 낭만적이었다 할 수 있겠다.

그러나 사랑 대신 불안이 젊음을 장악하고 있는 이 삼엄한 현실에서 문진영의 『담배 한 개비의 시간』은 한번도 사랑을 발설하지

않으면서도, 한 사람이 다른 사람에게 얼마나 큰 의미를 지닐 수 있
는지, 나와 관계맺고 있는 사람들을 잃는 일이 얼마나 큰 타격이 될
수 있는지 세심하게 그려낸다. 이 소설에는 정치적 비전도 없고, 현
실과의 치열한 싸움도 없다. 그러나 '싸구려 커피'를 마시며 다만
'별일 없이' 살길 원하는 '가장 보통의 존재'인 20대 대다수가 얼마
나 위태롭고 공허한지 너무도 사실적으로 그려낸다. 삶의 순간순
간마다 온몸으로 민감하게 세계를 인식하고, 때때로 무의미를 견
디기 위해 싱거운 농담들을 주고받을 때, 청춘들은 우울과 명랑 사
이에서 길항한다. 소설은 어디에도 기대지 않고 살아가기 시작하
는 청춘의 고단함을 그리면서도 비관주의에 젖지 않고, 이런 방황
과 좌절이 청춘에 주어진 선물이라는 식의 무모한 낙관주의의 결
말을 택하지도 않는다. 다만 이들이 살아서 공유하는 감정과 눈빛,
일상의 틈새로 가끔 다가오는 평온한 순간들이 위태로우면서도 얼
마나 아름다운지 이야기함으로써 나직한 목소리로 위로를 던져준
다. 이들에게 찾아오는 기적은 로또 당첨 같은 것이 아니라, 호흡기
를 달긴 했으나 지금 이곳에서 죽지 않고 살아숨쉬는 사랑하는 친
구의 존재를 확인하는 것이다. 그래서 이 소설의 사소한 장면들은
밝고 건강하며, 때로 그 사소함으로 눈물이 핑 도는 순간을 만들어
낸다. 그리고 이 시간들 속에서, 인물들은 성장한다.

2. 깊이 없는 세대

M의 습관은 "그냥 습관이야"라고 말하는 것이다. '나'가 왜 담배를 피우느냐고 물었을 때도, 팔꿈치로 소주병 바닥을 툭툭 치는 이유를 물었을 때도 그는 "그냥 습관이야"라고 말한다. '나'도 크게 다르지 않다. 사는 게 쉬워질까봐 겁이 난다며 너는 괜찮으냐고 묻는 물고기에게 '나'는 이렇게 대답한다. "깊게 생각해보지 않았어."(96면) 반지하에 있는 물고기의 방 역시 가구가 없고 모든 것이 평면으로 늘어놓여 있어, 깊이가 상실된 '2차원의 세계'처럼 보인다.

이들은 깊이에 대한 강박에서 어떤 세대보다도 자유로워 보인다. 깊이 있는 사유가 부재하다는 이야기가 아니라, 고민에 빠져 있다가도 툭툭 털고 일어날 줄 아는 발랄함이 있다는 이야기이다. 이들은 상상 속에서 매머드가 밟고 지나가도 만화에서처럼 "커다란 발자국 한가운데 납작하게 눌려 있다가는, 놀랍게도 조금 뒤에는 다시 통통해져서 벌떡 일어나"(97면)곤 한다.

깊이가 없기에 무게도 없다. 중력은 사라진다. 이와 관련한 사소하지만 인상적인 장면이 하나 있다. '나'와 '물고기'는 어느날 아르바이트를 끝내고 퇴근하는 길에 수십개의 비눗방울을 공기중에 띄워보내며 걷는다. 반짝이는 햇빛 아래 이들이 내내 비눗방울처럼 웃을 때, 잠시 동그란 모양을 유지하다 곧 터져버리는 비눗방울의

아슬아슬한 아름다움은 청춘의 미학을 정확하게 꿰뚫는다. 아무것도 하고 싶지 않고 아무것도 되고 싶지 않은 '무위의 충동'과 무게 없이 가볍게 떠다니다 곧 사라지는 비눗방울은 서로 닮아 있다. 그리고 이는 "딱 한 판만 더 하면 성공할 수 있을 것 같"아서 계속 시도하지만, "막상 성공하고 나면, 그때는 최단기록을 내고 싶어지는"(121면) 지뢰찾기의 '세속적 욕망'과는 정반대편에 있다. 그러나 이 자유로운 '무위의 충동'은 세상의 무거운 시선 앞에서 종종 구석에 몰린다. 소설 속 유일한 기성세대인 사장은 충고한다. "너희들 나이에 필요한 건 자유가 아니야."(36면)

이런 세계의 무게를 견뎌내기 위해 이들은 '4차원'이 된다. 3차원의 세계에 사는 우리가 중력과 깊이에 발이 묶여 있다면, 우리가 상상하지 못한 쪽으로 이 무게를 가뿐히 넘어서는 농담과 낙관은 허를 찌르는 4차원의 미학을 보여준다. J가 내게 해준 '춤추는 초코파이' 농담 같은 것이 바로 그렇다. 춤추는 초코파이가 강에 던져지는 이야기가 끝난 뒤, 다른 이야기에서 시체 대신 춤추는 초코파이가 낚싯대에 걸려 올라오는 이 농담은 암울한 상황을 순식간에 희극으로 만드는 반전의 시선을 담고 있다.

강남 빌딩숲 한가운데 자리한 편의점, 자본주의 중심지에서 최저임금을 받으며 일하는 이들에게는 이 모순적인 상황에 대한 상대적 박탈감이나 만성피로 같은 것들이 없다. 이들에게는 오히려 기이한 초연함 같은 것이 느껴진다. 24시간 휴식 없이 낯선 사람들이 스쳐가는 편의점의 기계성과 익명성은 "그곳은 너무나 시원했고, 평화로웠고, 모든 게 있었다"(126면)는 한마디 말로 무화된다. 이들은 사회에서 자신들이 놓인 불안정한 좌표를 정확하게 인식하면서도, 그 불안정성 자체를 향유할 줄 아는 인간들이다. 밤새서 하는 피씨방 아르바이트를 두고 "나는 최상의 일자리라고 봐"(121면)라고 말할 수 있는 것은 이들뿐이다. 피씨방에서는 밤새 지뢰찾기 게임을 해도 아무도 뭐라고 하지 않고, 담배도 맘껏 피울 수 있다는 말은 사실 그대로지만, 이를 낙관할 수 있는 4차원적인 마음의 힘은 우리의 원근법으로는 볼 수 없었던 '깊이의 결여'에서 나오는 힘이다. 소설의 말을 빌려 이렇게도 말할 수 있겠다. "한낮의 빛이, 밤의 어둠의 깊이를 어찌 알 수 있으랴."(36면) 낮의 이성적 세계로 포섭되지 않는, 이해 바깥에 놓인 유머감각이야말로 우리가 미처 몰랐던 이들이 가진 건강성이자 희망이다. 이 농담과 낙관이 20대의 비루한 삶을 기묘한 온기와 평화로 물들인다.

3. 비 오는 날에는 우산, 청춘의 시간에는 담배

그러나 이들이 깊이를 버림으로써 얻은 가벼움의 미덕은 사랑에 관해서만은 자승자박하는 '정신승리법'이 된다. 사랑은 필연적으로 관계의 구속을 수반하기 때문이다. 어떤 구속도 없이 오직 자유롭게 살기만을 갈망하는 청춘들에게 사랑은 일시적으로만 존재하다 사라지는 어떤 것이다.

그는 내게, 내일이면 모양을 바꿀 저 '오늘의 달'과, 이 밤을 지나면 그쳐 있을 이 엷은 비, 공기중으로 흩어지는 담배냄새와 나를 스쳐지나가는 골목길의 모든 고양이를 의미했다.(89면)

지금 이 순간에만 존재할 뿐, 일관성 없이 빠르게 변해가는 이 사랑의 상징물들은, 공간을 붙들거나 시간을 묶어두지 않는 유동적인 '액체근대'(지그문트 바우만)의 특성을 반영하는 것이기도 하다. 오늘날의 '액화되고' '흐르고' '분산된' 근대의 형식은 일시적 관계맺음의 형식을 일반화시키고 공포, 근심, 슬픔을 혼자 감당하게끔 만들었다. 의지할 수 있는 관계들을 모두 배제한 상태에서 이들이 느끼는 외로움은 개인적인 문제지만, 이는 사회구조와 결코 무관하지 않다. 왜 사랑하지 못하느냐 추궁하기 전에 먼저 사랑이 사라진 배후를 응시해볼 필요가 있다는 말이다. 사회의 거대한 흐름에 부딪힐 때, 개인들은 개미처럼 작아져 소심해지고 불안해진다. 낮시간엔 모 중소기업의 인턴으로 근무하고 저녁시간에는 영어회화학원에 다니는, "내가 할 수 있는 것들만"(103면) 하면서 살아온 M은 "너는 뭔가 할 것 같은 놈이었는데"(102면)라는 동창의 말을 듣는 순간 허탈하고 고독해진다.

늘 뭔가를 준비하고 뭔가가 되어가는 선배들과 동기들 이야기를 듣고 있으면, 난 마치 터치다운을 하기 위해 달려나가는 한

무더기의 미식축구 선수들 사이에서 호각을 물고 서 있는 중년의 심판이 된 기분이야. 룰은 너무나 잘 알고 있거든. 확실히 경기의 일부로서 존재하지만, 어느 팀에도 속해 있지 않고 어느 팀도 응원하지 않아. 그게 어떤 기분인지 알아?(22면)

당연히 세상에서 홀로 누락된 듯한 무서운 기분이 들 수밖에 없다. 이때 "나름대로 과감하게 방향을 틀"어 무리가 달려오는 "정반대 방향에서 공을 향해 달려"가다가는 물살을 거슬러 올라가는 연어처럼 작지만 위대한 존재가 되는 것이 아니라, "호되게 넘어져 손목을 삐"고 "유명을 달리할 뻔"하기 십상이다. 이들이 속한 사회는 스펙의 무한경쟁에서 승리해 중산층 이상의 삶을 보장받는 20대에게만 박수를 보내기에, 이도 저도 아닌 채로 존재하는 이들은 이른바 '루저'로 전락해 외면당할 수밖에 없다. 이들이 자주 민감하게 느끼는 '비냄새'는 너무 일찍 알게 된 신산한 삶의 냄새에 다름아니다.

하지만 내 의지와 무관하게, 장마철에는 비가 내린다. 외부의 환경 자체를 바꿀 수는 없는 법이다. 비를 피하기 위해서는 우산을 써야 하고, 이 신산한 청춘을 견뎌내기 위해서는 담배라도 피워야 한다. 흥미롭게도 소설 속의 모든 인물은 우산과 담배만으로도 설명된다. 비가 올 때 담배를 마음껏 피우는 사장은 '마일드쎄븐', J는 '디스 플러스', 물고기는 '말보로 라이트', M은 '레종 멘솔'이다. '나'는 '검은색 삼단우산', 물고기는 '일회용 우산'을 들고 다니며,

M은 우산을 절대 챙기지 않고 비를 맞고 다닌다. 무라까미 하루끼에게 물건의 브랜드를 선택하는 일이란 타협할 수 없는 '취향', 곧 자신이 속한 계급에 기반해 형성되는 아비뛰스(habitus)와 밀접하게 관련되어 있었다. 그러나 『담배 한 개비의 시간』에서 어떤 우산을 쓰고 어떤 담배를 피우는가는 아비뛰스보다는 '습관'의 문제이며, 나아가 선택지가 없는 절박한 존재들이 최소한의 선에서나마 스스로를 '보호'하기 위한 방법에 가깝다. 나중에 M은 자신이 피우는 '레종'이 '존재의 이유'라는 뜻을 담고 있다고 설명하지만, 이는 역설적이게도 그가 존재의 이유를 찾기 힘든 음울하고 고단한 삶을 살고 있음을 부각시킨다.

소설 속에서 인물들이 수시로 '쐐—한 표정'을 지으며 담배연기를 들이마시고 내쉴 때, '최상의 절박감'과 '깊은 무력감'이 담긴 표정은 이들의 결핍감을 드러내며 소설의 표정을 구성한다. 이들이 담배를 피우는 행위는 멋스러운 '이유없는 반항'이 아니라, 어디로도 탈출할 수 없는 절망적인 청춘의 알레고리이다. 무기력한 이들이 할 수 있는 일이란 습관적으로 담배를 입에 무는 것밖에 없지만, 이는 들숨과 날숨이 교차하며 지금 살아있는 한 순간을 감각하는 행위가 된다. 장마철 내내 비가 아래로 그어내리며 무거운 공간을 만들어내는 동안, 이들이 피워내는 담배연기는 공기와 섞이며 가볍게 올라가 사라진다. 그래서 이들의 흡연은 퇴폐적이라기보다, 비눗방울을 부는 행위의 연장선상에 있는 것처럼 보인다. 선택할 수 있는 것이 거의 없는 이들에게 허락되는 '담배 한 개비의 시간'은 잠시나마 연기같이 희뿌연 슬픔을 건조시키는 시간이자, 이 사회에서 20대로 사는 일의 피곤과 수치를 희석시키는 시간이다.

4. 슬픔이여 안녕

쑤전 쏜택의 말처럼, 시간은 많은 여유를 주지 않는다. 시간은 뒤에서부터 우리를 뚫고 들어오고 좁다란 통로를 통해 우리를 과거에서 미래로 밀어낸다. 옥탑방, 반지하방 등 사회의 사각지대에 존재하는 이들도 이런 시간의 힘에서 비켜갈 수는 없다.

주인공에게 그것은 J와 물고기의 상실로 다가온다. 각자 절에 들어갈 거라고, 세계일주를 하러 떠날 거라고 말했던 이들은 고속도로에서 함께 자동차 사고를 당해 J는 즉사하고 물고기는 혼수상태에 빠진다. '나'는 자신이 혼자 남겨졌다는 사실을 뼈아프게 감각하며, 총체적으로 흔들린다. 내내 일상의 단편들을 그리는 데 주력하던 소설에서 이는 주인공의 세계에 지각변동을 일으키는 가장 결정적인 사건이다. 그리고 이로부터 "네가 없어도 내가 살 수 있다는 것"은 절반만 맞는 말이었음이 드러난다. '나'는 J와 물고기가 없어도 살 수 있긴 하지만, 잘 살 수는 없다는 것을 알게 되기 때문이다. '나'는 M과 함께 조개구이집에 간 날 도저히 멈출 수 없는 눈물을 쏟아내고, 다음날 하루종일 앓아눕는다. 그리고 "자라는 데 지쳤다"(166면)고 생각했을 무렵, 물고기의 엄마로부터 전화를 받고

혼수상태에 빠진 그녀를 보러 간다. 병원에서 돌아오는 길, 지독한 절망 속에서 배태되는 한 자락의 희망처럼, 주인공은 처음으로 노을을 아름답다고 느낀다. 마지막 장면, 물고기가 피우던 '말보로 라이트'를 입에 문 채로 후후, 하고 소리내어 웃을 때, 독자들은 그녀가 눈물 속에서 웃음을 찾아냈음을 알게 된다. 미래는 여전히 불투명하지만, 이 작은 웃음은 세속적으로 세상과 영합하지 않는 건강하고 희망적인 좌표를 설정한다.

소설의 마지막 줄 "나는, 울 필요가 없는 것이다"(175면)를 읽으면서 우리는 프롤로그로 다시 돌아간다. 소설은 그녀의 기원을 설명하면서 시작하고 있기 때문이다. 그녀가 태어나기 얼마 전, 깊은 슬픔에 빠진 엄마의 눈물로 인해 "나를 감싸고 있던 양수의 염도는 조금씩 조금씩 높아져갔"고, 그래서 주인공은 "나를 구성하는 세포들은, 모두 슬픔이라는 핵을 그 안에 하나씩 지니고 있을 것"(8면)이라고 추측했다. 오직 눈물과 슬픔이 '나'의 기원이다. 다행히 '나'는 좀처럼 울지 않고 자라났는데, 딱히 웃었던 것도 아니기 때문에 "나는 울 필요가 없었던 것이다."(9면) 이 소설은 바로 이 문장에서 "나는, 울 필요가 없는 것이다"라는 마지막 문장으로 뛰어넘는 과정을 보여주기 위해 씌어졌다고 해도 과언이 아니다. 이 둘 사이의 미묘한 차이가 보이는가. 수동적이며 과거형인 앞문장과 달리, 뒷문장은 쉼표로 주체를 강조하며 미래를 내포한 현재의 의지적 감정을 표출한다. 두 문장 사이의 미세하지만 멀고먼 간극에서, 우리는 담담하게 삶의 남루한 슬픔과 고통을 인정하는 성숙을 읽어낼 수 있다.

『담배 한 개비의 시간』은 성장소설의 일반적인 방식대로 사회와 화해하거나 불화하는 두 갈래의 길에서 벗어나 다른 길을 간다. 주인공의 성장은 사회와 무관하게(거의 사회를 배제한 채) 철저히 '내면'의 변화로만 이루어진다. 여기에는 나를 구성하는 정체성을 나의 바깥에서 강요당하지 않겠다는 무언의 의지가 들어 있다. 우리는 대개 어떤 결정적인 사건이나 계기를 통해 입사식(initiation)을 거치며 성숙한 다른 존재가 된다고 생각하지만, 이는 낭만적 환상에 불과하다. "나는 그저 점점 더 내가 되어가고 있을 뿐"(166면)이라는 말은 정확하고 날카롭게 이 환상을 찢으며 파고들어온다. 무수히 많은 사건들 속에서 우리는 늘 지금 이곳에 놓인 스스로를 통절하게 깨달아갈 뿐이다. 불안이 사랑을 잠식하고 있는 동안에도, 젊음은 어떤 방식으로든 성숙해간다. 그러니 이제 그만 멜랑콜리한 청춘의 물기어린 시간들과 담담하게 이별을 고해야 할 때다. 슬픔이여, 안녕.

姜知希 | 문학평론가

문진영의 『담배 한 개비의 시간』은 경쾌한 화법과 일관된 주제를 전개하는 서술의 능력이 돋보인 작품이다. 편의점에서 일하는 여대생을 중심으로 부유하는 젊은이들의 초상을 경쾌하게 묘파한 이 소설은 청년세대가 고유하게 포착할 수 있는 일상세태의 현실과 문화적 감수성을 선명하게 드러낸다. 무심하게 툭툭 던지는 듯한 인물들의 말투에서 묻어나는 유머와 발랄한 감수성은 이 소설을 손에서 놓을 수 없게 만드는 힘을 지녔다. 소설의 배경으로 등장하는 편의점, 고시원, 까페, 피씨방은 그 어느 곳에도 소속하지 못하고 떠도는 청년들의 모습을 상징적으로 드러내는 공간이다. '최저임금의 경계'에서 떠도는 불안한 젊은이들이 '강남대로 한복판의 편의점'에서 우연히 만나고 헤어지면서 느끼게 되는 감정들의 세밀한 포착은 이 소설이 주는 여운과 공감을 크게 한다. 더불어 비관적 현실을 담담하게 수락하면서도 타인에 대한 관심과 유대를 포기하지 않는, 성숙하고도 건강한 감수성의 세계는 우리에게 새로운 세대가 끌어내는 서사에 대한 호기심을 갖게 했다. 물론 제한된 공간과 인물을 다루는 이 소설의 성장구도에 대해 우려가 없는 것은 아니다. 하지만 심사위원들은 긴 시간 동안 집중적인 토론과 상세한 논의를 거듭한 끝에 이야기를 끌어가는 안정된 호흡과 당대의 일상현실을 투시하는 진지하고 따뜻한 시선의 힘에 신뢰를 보내면서 『담배 한 개비의 시간』을 수상작으로 선정하는 데 의견을 모았다. 청년세대의 솔직한 이야기로 시작하는 이 작가의 힘찬 행보가 자기세계의 확장과 심화를 거듭하여 앞으로 좋은 소설들을 쓰는 계기가 될 수 있으리라 기대한다.

제3회 창비장편소설상 심사위원 | 구효서 김인숙 백지연 임규찬

그해 여름, 나는 도서관 양지바른 구석 자리에 앉아 있었다.

문득 생각했다. 글쓰는 사람이 되어야겠다,고.

하지만 하고 싶은 이야기가 없었다.

이듬해 여름, 나는 학교를 떠날 생각만 했다.

그 이듬해 여름에는, 한국을 떠날 생각만 했다.

나는 항상 이곳을 떠날 생각만을 했다.

여기만 아니면 될 것 같았다.

문득 하고 싶은 이야기가 생겼을 때,

나는 낯선 나라, 낯선 침대에 누워 있었다.

그곳은 겨울이었고, 지나치게 추웠다.

나는 단 한 글자도 쓸 수 없었다.

추위로부터 도망치듯 한국에 돌아왔을 때,

이곳은 지나치게 더웠다. 장마가 시작되고 나서야 나는 비로소

첫 문장을 머릿속에서 옮겨적었다.

애초부터, 장소의 문제는 아니었다.

그곳이 어디든 나는 결국 내 세상 안에 있어야 했다.

그렇다는 걸, 이제야 알았다.

다만 내가 파악하는 세상이란 고작 이뿐이어서,

나는 내가 속해 있지 않은 다른 곳의 이야기는 쓸 수가 없다.

그리고 그건 앞으로도 그럴 것 같다. 그래서 다행이다.

알고 있다. 나는 먼지라는 것을.

그리고 나는, 우주다.

끝없이 방황하는 이 생명체를 사람답게 만들어가는 작업을 계속
하고 있는 사랑하는 우리 가족,

늘 꿈꿔왔지만 꿈만으로도 벅찼던 이 꿈을 현실로 만들어주신
심사위원들께,

그리고 한번쯤은 곁에서 살아 숨쉬어주었기에 이 글에 적을 수

있었던 내 지난 시간의 등장인물들에게 감사한다.

늘 방황은 나의 몫이라고 생각한다.

그 방황이란 건 그다지 치열하지도, 그렇다고 비겁하지도 않다.

그것은 늘 내게 적당해서, 나는 거기 몸을 묻고 편안해한다.

나는 계속 이렇게 나의 이야기를 하고 싶다.

내가 쓸 수 있는 것을, 내가 쓸 수 있는 만큼만 쓰고 싶다.

내 글이 나와 함께 방황하고 꿈꾸고 나이 들어가기 원한다.

담배 한 개비의 시간

초판 1쇄 발행/2010년 3월 12일
초판 4쇄 발행/2023년 3월 3일

지은이/문진영
펴낸이/강일우
책임편집/이상술 전성이
펴낸곳/(주)창비
등록/1986년 8월 5일 제85호
주소/10881 경기도 파주시 회동길 184
전화/031-955-3333
팩시밀리/영업 031-955-3399 · 편집 031-955-3400
홈페이지/www.changbi.com
전자우편/lit@changbi.com

ⓒ 문진영 2010
ISBN 978-89-364-3374-1 03810